父の肩に乗った日

――漁船海難遺児と母の文集――

公益財団法人　漁船海難遺児育英会編

海文堂

まえがき

公益財団法人漁船海難遺児育英会は、漁業従事中に海難等の事故により犠牲となった方の子供さんが、将来社会に役立つ人材に成長してくれることを願い、学資の給与、奨学金の貸与等の育英事業を通じて励ますことを目的として、昭和四十五年十月二十九日に設立され、令和二年十月にお陰様で設立五十周年を迎えました。

設立当初、小・中学生に対する学資の給与制度からスタートした当会の育英事業も、現在では幼児から大学生までを対象に一貫した制度として整備され、平成三十一年四月からは全ての対象が返済を伴わない学資給与事業へ一本化されるなど、その内容も格段に充実し、今までに、一万三千人余の海難遺児たちが学窓を巣立ちました。これもひとえに、皆様方のご理解、ご支援の賜物と、遺児・遺族共々、心より感謝申し上げる次第です。

この「漁船海難遺児と母の文集」は、設立以来、五年を節目として記念刊行して参りましたが、今回で第十作目となりました。この文集は、遺児たちが普段、胸に秘めている父親に対する想いや母親への感謝の気持ち、お母さんたちのご主人に対する想いや子供たちの成長、また、将来への明るい希望が書き綴られております。

また、近年においては、海難遺児は減少傾向にあるとはいえ、まだまだ悲惨な海難事故は後を絶たず、これ以上、遺児が生まれないで欲しいとの願いや、漁業関係者の皆様には日々の安全操業に心していただければとの思いも込められております。

こうした遺族の想いや願いを広く一般の方々にもお伝えし、一人でも多くの人の心に触れることが出来れば幸いに存じます。

最後に、これまで賜りました数々の温かいご支援に厚くお礼申し上げますとともに、海難事故のない時代が来ることを願い発刊のご挨拶と致します。

令和三年二月

公益財団法人　漁船海難遺児育英会
理事長　鈴木俊一

目次

父の肩に乗った日

成長していく事

今までとこれから

——父さんに伝えたいこと

母の優しさ

イラスト編

父の肩に乗った日

父の温もりを求めて、
アルバムをめくり、形見に触れる。
もう増えることのない思い出は、
私の大切な宝物。

父が生きた軌跡を辿るほどに、
憧れと愛しさが膨らんでいく。

その大きな存在を心の支えに、
私は毎日を生きている。

パパとの思いで

小学校四年　I・M

パパと遊びに行った。

パパは高い所がにがてだ。なのでかんらん車はきらい。だけどわたしのために目をつぶってでもかんらん車に乗ってくれた。

それと、かたぐるまもしてくれた。パパはディズニーランドのパレードのときに毎回かたぐるまをしてくれたし、公園に行ったときもしてくれた。わたしは、そんなパパは大好きだ。けれど小さかったからあまりおぼえていない。パパ大好きだよ。

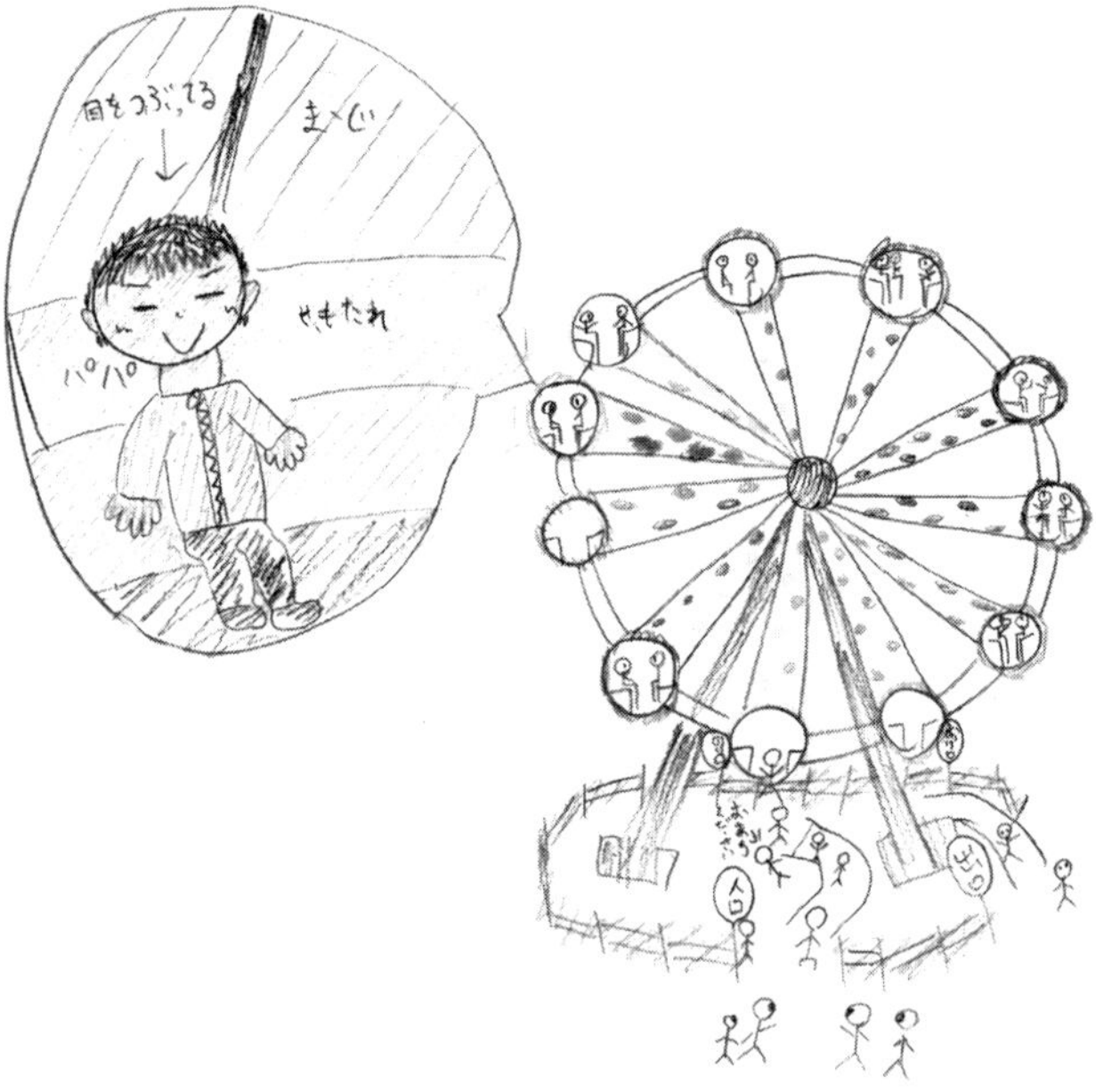
目をつぶってる
せもたれ
パパ
入口
出口

ぼくのお父さん

岩手県　小学校五年　浦　島　央　和

ぼくのお父さんは3・11日の日から帰ってきません。ぼくが二さいになったばっかりのときでした。近くにすんでいるおとしよりをはこんだりしててそのままいなくなったみたいです。

ぼくのお父さんは海の仕事をしていたのでぼくはいつもお父さんといっしょに海やがんぺきであがってる船に乗って遊んだり、仕事をしているのを見たりしていたみたいです。

まだ小さかったのでぼくはお父さんのことをあまり覚えていません。けどみんなは、ぼくのお父さんは働き者ですごくやさしい人だったと教えてくれます。

ぼくは今野球をしています。お父さんがいたらキャッチボールをしたり、野球のことをもっと教えてもらいたかったです。その分、お父さんに届くようにいっぱいホームラン打ってお父さんにも見せたいです。

父親の想い

宮崎県　中学校三年　K・K

父は、僕が五才の時に、亡くなりました。当時は、事故に見舞われた後、海での捜査となったので数日間程、安否の報告を待ち続けました。その時の僕はまだ五才で、とても小さく、感情のコントロールも効かない年頃でした。そして数日後、祖母の家で親戚一同集まって、ニュースを見ていました。父の死が報告された途端に皆泣き崩れ、僕も大泣きしていました。仕事をすればまた戻ってくる。そう考えていた父の突然の死は、想像以上に辛いものでした。小さい頃は、一緒にゲームをしたり、遊んでくれたり、自転車に乗る事も手伝ってくれました。たまには怒られる事もありましたが、その厳しさも加えて、本当に偉大で、良い父親だったんだという気持ちになっています。大きくなって、興味を持ち出した頃に母に当時の事を聞いてみました。

　すると、当時知る事の出来なかった情報が入ってきました。父は、元から目に見えるはずの無い物が見える人でした。そして、「死ぬ間際にも妖精が語りかけてきて、助けの手を差し伸べたにも関わらず、父は断って、そのまま、亡くなった」という事を知り、父は死ぬ間際でさえも、僕達、家族の事を思ってくれていた事に気付きました。

　僕は今、三年生で受験シーズンをむかえています。これから立派な大人になって、父のような父親になりたいです。これも、しっかり見守っていてください。

大好きなお父さん

宮崎県　専門学校一年　K・R

私のお父さんは私が小学四年生、弟が保育園生の時に、船の火災で亡くなってしまいました。船の上で仕事をしていたお父さんは家に帰ってくることも他の家庭からすれば少なく、毎日会えるというわけじゃありませんでした。でも仕事から帰ってくるとたくさん私や弟の相手をしてくれたり、一緒にお風呂に入って隣で寝てくれたり、長期期間の休みだと必ず家族四人で旅行に連れて行ってくれたりしていたとても優しくて家族想いでステキなお父さんでした。お父さんが亡くなって八年が経ちます。今でも優しいお父さんが大好きです。

お父さん

熊本県　小学校三年　Ｏ・Ｈ

ぼくのお父さんは、うみにおちた人をたすけて自分もいっしょにおぼれてなくなりました。ぼくはまだ小さかったのでその時は、たぶんなんでずっとねているのかなとおもっていたとおもいます。あまりおぼえていないけどはじめてお父さんにどうぶつえんへつれていってもらったときにテレビきょくの人がきていていっしょにテレビにうつったおもいでがあります。

いまは、お父さんに一回でもあえたらたくさん思い出がつくりたいです。

お父さん

熊本県　小学校六年　O・R

ぼくのお父さんは、五才の時に死にました。

あまり、お父さんの記おくはないけど、お父さんはテレビで洋画をみるのが好きでした。ぼくも一緒にとなりで座って見ていたのはおぼえています。

今でも洋画などを見るのが好きです。

最近は釣りをするのがしゅみでお父さんが使っていた竿で魚釣りや、イカ釣りをしています。ぼくは、お父さんとの思い出はあまりないけど周りの人からお父さんに似てきたねと言われるととてもうれしいです。これからも天国のお父さんが喜んでくれるように色々なことにちょう戦していきたいです。

父と共に　家族と共に

奨学生

紅葉のような小さい手は
父を知らずに夢を掴んで生まれた
年を経て大きくなったこの手は
自分の夢を掴むため　杜の都の学舎へ
父の手には触れたこともないけれど
その手はきっと　大きく
潮の香りがする海の男の手

空をみれば空に
波の音をきけば　その中に
未だ戻らぬ父を想う
姿なき父の優しい心を感じながら
私はここまで生きてきた
家族と共に　父と共に
そして　これからもずっと
父と共に　家族と共に

父へ　そして家族へ
ありがとう　ずっと　愛しています

パパへ。

宮城県　専門学校二年　斎藤　翔

「パパって本当に居たのかな。」この言葉が私の中の不思議の一つだ。私には、お父さんという存在が未だに分からない。私の中のお父さん、すなわち「パパ」は私が幼い時に死んだ。でも、記憶が無いからだろうか、寂しいとは違った感情が昔からずっとある。

昔、仏壇がパパだと本当に思っていた位、パパは居るようで、居ない存在だった。でもやっぱり、一度でいいから会ってみたかった。声を聞いてみたかった。こっそり見た昔のアルバムの写真、仏壇の写真でしか見た事がない止まったままのパパが動いていたら、私はその時どうなるのだろうか。私にも分からない。「パパって、どんな人だったの？」いつか、私の中にある不思議が解ける日は来るのだろうか。パパは私にとって、大切な存在だ。

空には海があると思う。パパは、そこの暖かい海で太陽と一緒に旅をしているのかな。

I will give you this design.

感謝

大学二年　S・H

まず初めに、私は二〇二〇年に成人式を迎えることができました。小学校から大学まで通うことができているのは、家族や皆さまの支援のおかげです。深く感謝申し上げます。

私の父は、私が六歳の時に海の事故でこの世を去りました。父との思い出はどれも曖昧なものです。父と過ごした時間よりも、父が死んでからの時間が長くなってしまったことに少し寂しさを感じます。

父との思い出は少ないけれど、父は多くのことを私たちに残してくれました。それは自分にとって一生大事にしたいものであり、どんな人間になるべきなのかを見失わないための指針でもあります。

毎年、お盆になれば、多くの父の友人が手を合わせに来てくれます。みんながお酒を飲みながら、思い出話をしてくれます。この光景を見るたびにこんな素敵な友人達を持っていた父を誇らしく感じました。私もいつかは、こんな友人を持ちたいと思います。

生前、父は私たちを地元のお祭りの団体に入れてくれました。このお祭りは自分にとって本当に大切なものです。純粋にお祭りが楽しいからという理由もありますが、それ以上に父が何か意味を持って残してくれたと感じるからです。この意味は、まだはっきりとは分からないけど、ここでの多くの人たちとの出会いや経験はかけがえのないものであり一生の宝物です。

今まで私は、父の息子という大きなもので守られてきました。一緒に過ごした時間は短くても多くのことを残してくれた父に感謝したいです。これからは、父のような人間になれるように頑張りたいです。

最後に、今まで育ててくれた母には感謝してもしきれません。苦しい事もあるはずなのに私たちの前ではいつもたくましい存在でした。どんなに頑張っても勝てる気がしません。私が一人前になった時は私が支えます。なのでもうすこしの間はよろしくお願いします。

いつか私に子どもができた時には、あなたのような親になりたいと強く思います。

幸せをありがとう。

僕のお父さん

岩手県　小学校五年　佐々木　空雅

僕のお父さんは僕が二歳のときに津波でいなくなりました。なのでお父さんとの思いではいっしょに寝たのくらいのことしか分かりません。でも家の仏だんでお父さんの写真はにこにこ笑って見守っています。いっしょにゲームしたかったと思うときもあるけれどお兄ちゃん二人がやさしいからがんばります。

ずっと見守っていてください。

父との思い出

岩手県　高等学校一年　佐々木 叶多

東日本大震災から九年が経つが、私の父の遺体はまだ見つからないままだ。震災当時、私は小学一年生で、幼かった。まさか父が亡くなるとは思いもしなかった。父とはよく遊んでもらったことを今でもよく覚えている。例えば、ゲームしたり、外で遊んだり、色々なことをして遊んでもらっていた。時々、父がいたらと考えることもある。そんな事を考えると落ち込んでしまうことがある。もちろん、ずっと父がいて欲しかったしもっと遊んでもらいたかった。だが、ずっとそうも言っていられない。自分は、あと四年もすれば、成年になる。今まで、自分達をささえてくれた人達がいなかったら自分はいなかったと思う。今度は、自分が恩返しをする番だと思った。父と過ごしたかけがえのない日々を忘れないで、ずっとこの先、支えてくれた人達に恩返しをしていきたい。

父の背中を追って

鳥取県　短期大学一年　新　川　真　央

お父さん天国で元気にしていますか。僕は元気に生きて今年で二十歳になります。お父さんが事故で亡くなったのは僕が三歳になってすぐのことだったので写真に写っているお父さんの姿しか僕の記憶にはありません。だけど、お父さんが船に乗って仕事をしていたことは、はっきり覚えています。だから僕は船乗りになってお父さんが海の上で何を見て、何を感じていたかを知りたいと思いました。

でも、最初からこんな立派な夢があった訳ではありません。高校をなんとなく地元が水産業が盛んだからという理由で水産系の高校を選び、就職も地元の水産会社でいいかなと思っていました。だけど高校二年のときに行った一ケ月間の乗船実習で生まれて初めて大きくて青く、どこまでも続いているような海を見たときに、僕は今お父さんと同じ景色を見ているんだなと当たり前だけど、今まで感じたことのない感情を持ちました。お父さんがいないということが当たり前で、あまり記憶に残っていない分、どういう人だったのかなんて全くといってもいい程関心がありませんでした。だけどこの時から初めてお父さんはこの景色を見て何を感じていたのか知りたくなりました。そして僕は船の勉強を始めました。大学も船の勉強ができる学校に進学して常に船と海を感じられる生活を送り、お父さんの背中を追っています。

父が今も、もし生きていたら船のことについていろんなことを話せたのになと思うことが多々あります。そんなことを思うことができるくらい自分も成長したのだなと最近は実感することがあります。僕はこれから様々な経験をして、その度に成長して、一人前の船乗りになると思います。その姿を父にも見せたいけど、その願いは叶わないので、どうか天国で見守っていて欲しいです。そして僕も、将来自分の子供にこんな風に思ってもらえるような父親になりたいです。

今も父は僕の夢として、心のなかに生き続けています。

私のお父さん

奨学生

私のお父さんは時々こわい顔でやさしい顔だったり怒った顔でした。私とお父さんの思い出はお父さんの車でした。お父さんはワゴン車やステップワゴンやいろんな車でお父さんは運転していました。私が幼児のころお父さんの車の中でジャンプしたり、あばれたりしてお父さんに怒られました。お父さんがいなくなるちょっと前に新しい車をわがやの車として最後にお父さんの車でみんなとドライブに行きました。もっともっとみんなと一緒にお父さんの車に乗りたかったのに残念でかなしかったけど私達は明るい生活にしていけるようにがんばります。

お父さん

小学校五年　奨　学　生

わたしは、お父さんのことをあまり知りません。それは、わたしがお母さんのおなかの中にいる時に、海難事こにあい、お父さんは亡くなったからです。わたしは、お父さんがここにいたら楽しいだろうなと思うことが何度もあります。たとえば、運動会やみんなでいろんな所に行った時によくそうおもって泣きそうになるけど泣いたらお母さんたちも心配になるからなるべく心配をかけないように心の中に閉じこめています。わたしはよく、「お父さんに似ているね。」と言われます。だけど、わたしはお父さんみたいに強くないし勇気がないのですぐお母さんにかくれるけどもう高学年になったからがんばろうと思います。

わたしは、今、自分の好きなようにしてお母さんと仲よく家でくらしています。もしお父さんがいたらもっと楽しかったと思うけどお父さんの分もこれからも大切にします。

父の肩に乗った日

和歌山県　中学校二年　西　大誠

父が亡くなって八年が経った。その当時五才だった。今では、中学校二年生になった。父が亡くなる前小さかったのであまり覚えていないけど、一つ目は父とブロックで遊んだこと。二つ目、父に肩車をしてもらったこと。三つ目、釣りに連れて行ってくれたこと。それくらいしか覚えていません。でもあと一つ、父はいつも笑顔でしゃべってくれたこと、それが一番印象に残りました。

今は家族三人で暮らしています。すっごく楽しいです。でもたまにお父さんに会いたいなと思うけどそんなときはお母さんに話を聞いてもらいます。これからは、お父さんの代りにお母さんのやくにたちたいと思います。お父さんは、すごく力が強かったです。

だからぼくもお父さんみたいに強くなって、お母さんの手伝いややくにたちたいです。お母さんに「力仕事は、ぼくにまかして、ぼくが全部するから」と言いたいです。お父さんもお母さんも魚をさばくのがうまいです。ぼくもお父さんやお母さんみたいに、魚をうまくさばきたいと思います。

お母さんは、ぼくを育ててくれました。お父さんは天国でいつまでも見守ってくれていると信じています。

家族の中でいつまでも心の中にいるお父さん、これからもずっとずっと見守ってください。このさきなにかおこるか誰にもわからない。お母さんに「現実を見ろ」「自分を信じろ」と言われました。その言葉を信じて生きていきたいと思う。

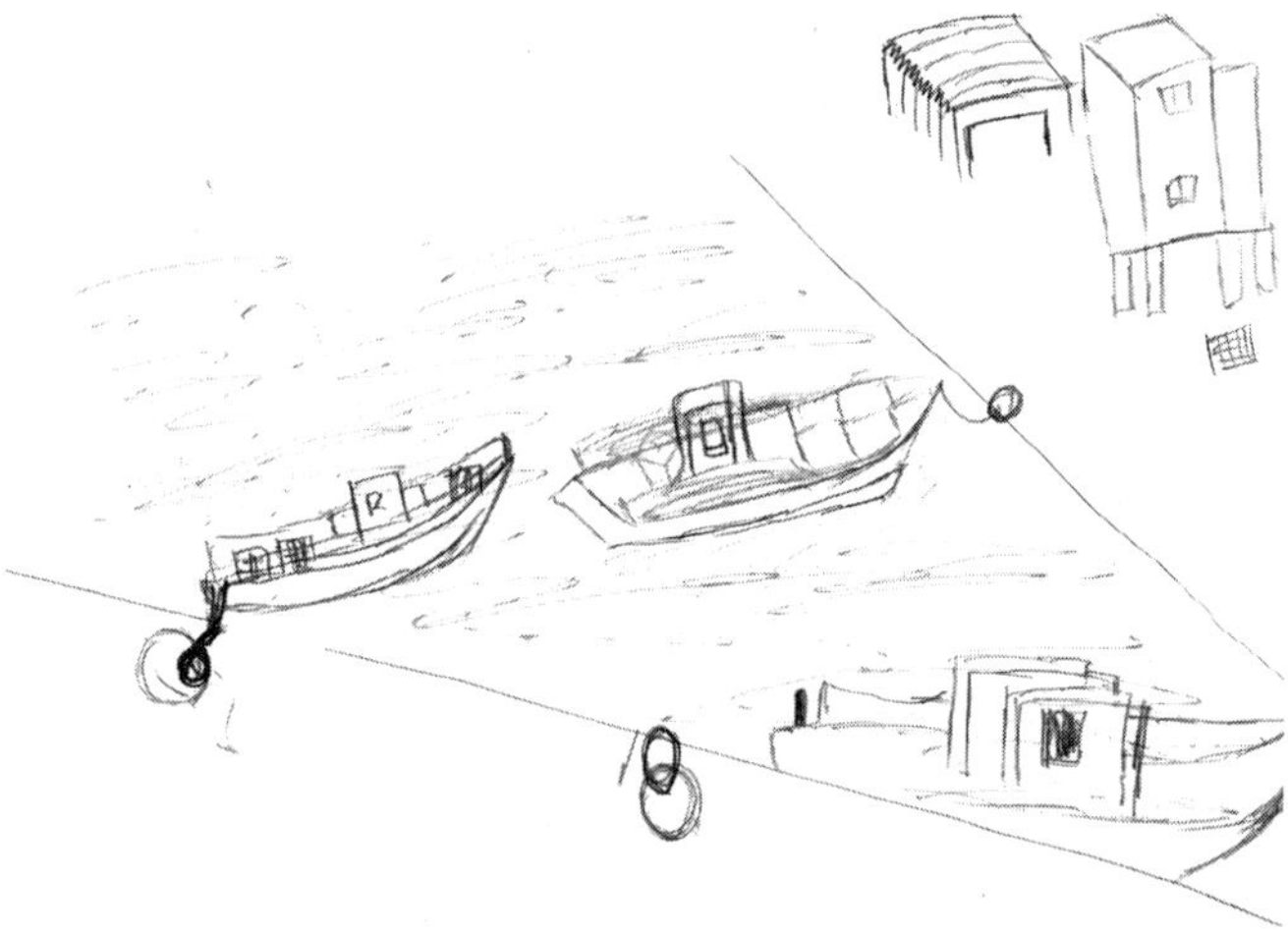

父と最初で最後の卵焼き

長崎県　高等学校三年　Ｈ・Ｍ

七年前に私の父は亡くなりました。私は当時小学五年生でした。私の父はとても面白く家族みんなをいつも笑わせてくれました。

そして仕事で疲れていても休日にはお出かけしたり、旅行にもたくさん連れていってくれました。遠くても、近くてもいつも文句一つ言わず車を走らせてくれました。私はそんな父の姿が大好きで将来自分が家庭を持つようになったら父みたいに運転したいと思いました。また漁から帰ってきた夜はドライブに連れて行ってくれました。短い距離でも好きな曲を聞いたり、母には話したくない話を聞いてくれたりしてとても楽しい時間でした。

ある朝いつものように漁に行く準備をしていた父に私は初めて卵焼きを作ってあげました。初めて父に振る舞った料理が卵焼きで上手く作れなかったけど父は笑顔で喜んで「おいしいよ」と「ありがとう」と言って食べてくれたのでとても嬉しかったです。

そんな何気ない会話が私と父が交わした最後の言葉でした。父が漁に出た次の日私はおばに父の死を知らされました。私はそれを聞いた時信じられず、受け止められませんでした。私はずっと「父は絶対元気で帰ってくる」と思っていました。でもその思いは叶わず遺体となり母と帰ってきました。私はお葬式の時に父に「これから先どんなことがあっても泣かない」と約束しました。たとえ泣きたくなっても父の顔を見て涙をこらえました。

それから私は寝る前には毎日父の仏壇に手を合わせ話をするようになりました。そして私は高校生になりパン職人を目指そうと思い専門学校への進学を決めました。受験前には父にお祈りして行き、見事合格することが出来ました。父に感謝しました。父はこの世にはいないけど私の心の中にはいつもいてくれるので今後どんな事があっても強く前向きに生きていこうと思いました。

家族

長崎県　F・K

僕の父は私が七ケ月の時に船の仕事で亡くなったとお母さんから小学校五年生の時に聞きました。それまで父がいないことがあたりまえだと思っていましたが、ふとなんで自分にはお父さんがいないんだろ？と思うことがありお母さんに聞きました。亡くなったと聞いた時は、なんとも言えない気持ちになり、ただただ泣きました。

写真でしか父の顔をしりません。数ケ月に一度しか帰ってこないこともあり、生まれてから一度しか抱っこされたことがないと言う話もお母さんから聞きました。このように父との思い出はとても少なく、記憶もありません。しかし、十七回忌を終えた今、これまで育ててくれたお母さんに感謝しつつ母から聞いた父の思いを胸にこれからも一歩一歩しっかり地を踏みしめてがんばって生きていこうと思います。きっと父も見守ってくれると思います。

お父さん

鹿児島県　中学校二年　牧　田　隼　瑠

どうして僕には父がいないのだろう。そう思った時に、僕の父は、僕が八ケ月の時に火災事故で亡くなったと母から聞きました。

なので、僕は父のことを全く知りません。しかし、周りの父の友人や親戚から「お父さんそっくり」とよく言われるので、きっと僕の父は、僕そのままなのだろうと思います。

姉の影響で小学校一年生の時にバレーボールを始めました。しかし、小学三年に上がる前に「お父さんが、隼瑠が大きくなったら野球をさせて、一緒にキャッチボールをするんだ」と、父の夢を叶えてあげたいと母からの案で、僕はバレーボールをやめ、野球を始めました。野球のフォームなども父に似ていると言われます。大きくなるにつれ、「父とキャッチボールや練習をしたかったな」と何度も思います。でも、その気持ちを察しているのか、「こんなことしかできなくてごめんね」と言葉にし、よくバッティングセンターに連れていってくれる母には感謝しています。

だから、しっかり努力して母に最高の恩返しをしたいです。天国から見守っていてくれる父にも最高な姿を見せれるように頑張りたいです。

父と母へ

沖縄県　小学校六年　奨　学　生

私の父は、私が産まれる一週間前に亡くなりました。父は、私が産まれるのを母と一緒にすごく楽しみにしていたと思います。しかし父は、私が産まれたのも見ることもできず亡くなってしまったのです。

私が産まれた事は、祖父母・おじ、おばさん・いとこの皆に喜ばれ、とてもかわいがってもらったことを覚えています。私にとって親は母だけ、父親の存在は知らずに生活をしていて、みんなにも父親がいないと思っていました。だけど四才になると、保育園に来る男の人が誰なのかと思うようになりました。そして思い切って「誰なの?」と友達に聞くと、「お父さんだよ」と言われました。その時は、まだ父親の存在を理解していなくて、母に「私にはお父さんはいないの?」と聞いたことをなんとなく覚えています。

母からなぜ私に父がいないのか、どこにいってしまったのかと聞きました。話によると、私の父は海の事故で亡くなったと、母が父の写真を見せながら話をしてくれました。

母から父の話を聞いた私は、もっと父のことが知りたくなり、父を知っている人達に聞いてみることにしました。私の父は、おもしろくて、明るい人で、初めて会った人でもすぐしゃべりかけ友達になるので、たくさんの友達がいたそうです。仕事も一生懸命で、海が荒れて仕事ができない時は、イライラするくらい海の仕事が大好きだったそうです。父のことがたくさんわかってくると、すごく会ってみたくなりました。おしゃべりもたくさんしたかったし、私は今、バスケと陸上をやっているので、一緒にやりたかったし、父の船に乗って仕事をしている姿も見たかったです。

母や祖父母に、しぐさや行動が父によく似ていると言われると、少し嬉しい気持ちになります。

父とは会うことはできなかったけど、とても感謝しています。母には、父以上にすごく感謝しています。私が産まれる前に父が亡くなり、とてもショックだと思います。だけどいつも明るく元気で、悩み事も聞いてくれるし、スポーツも一緒にしてくれます。

私が父の話を聞いた時も、しっかり話してくれました。母は「祖父母には感謝しないと」とよく言います。父方と母方の祖父母には、とてもかわいがってもらって、母が大変な時は、いつも助けてくれます。そんな祖父母にもすごく感謝していますが、やっぱり母に一番感謝しています。いつも怒られ、注意をよくされますが、一緒にいろんな物を作ったり、遊んだりします。私の事をよく見ていると思います。母だけなのに一生懸命私を育ててくれて本当に感謝しています。

最後に「お父さんへ。お母さんに親孝行できるように一生懸命頑張るので、天国で応援してね」

大切な思い出

福島県　高等部二年　松　下　　穂

僕が三歳の時にパパがシラス漁に行き、巻き上げ機に巻かれて亡くなりました。僕は、生まれて三日目に高熱を出してしまい、障害を持ってしまいました。そんな僕はパパよりママっ子でしたが、お風呂と食事はパパがやってくれました。船から帰ってくると「みのり～」と呼んで抱っこしてくれました。亡くなる半年前にはディズニーランドに連れて行ってくれました。その他にも、たくさん水族館や温泉にも連れて行ってくれました。僕だけの思い出じゃなく、家族みんなの大切な思い出です。

僕は今もしゃべる事ができないけど、時々パパの写真をみながら「パパ」と声を出して呼んでいます。僕の声、天国のパパに届いているといいなぁ～と思います。

お父さん

福島県　高等学校三年　松　下　颯

お父さんは僕が五歳の時に船に付いている網の巻き上げ機に、巻き込まれて他界しました。

その時、お母さんのお腹の中には二人目の弟がいました。その為三兄弟で一番下の弟だけが、お父さんとの思い出がありません。

時々昔のことを聞かれた時にどの様に言えばいいのか分からなくなります。理由は思い出が無いことで傷ついてしまうと思うからです。

今後は僕が父親のかわりに思い出を作っていこうと思います。

お父さん、見守っていてください。

身を立て
名を挙げ
やよ
励めよ
―出世魚に寄せて―

成長していく事

あれからどんどん月日は流れ、
　父のいない生活が当たり前になった。
進学、就職、新しい人間関係、
　　慣れない土地での一人暮らし…。
様々なことを経験し、自分でも
　気がつかないうちに随分と成長した。
本当は、父にも見ていてほしかった。
けれど、時計の針を
　巻き戻すことはできないから。
両親の愛情を噛みしめながら、
　自らの夢に向かってまた進んでいく。

お父さん

広島県　高等学校二年　奨　学　生

私の父は私が一歳二カ月の時に亡くなりました。だから私は父の顔も覚えてなければ父の声も覚えていません。

母から聞いた話によると、父は十二月の海に仕事で行って、船から足をすべらせて亡くなったそうです。漁師なのに泳げなかったのか、というのが一番の本音です。父が亡くなってから母は一歳の私を抱えて今まで一所懸命に育ててくれました。だから、周りの同級生からは「お父さんがいなくてかわいそう。」とか言われたこともあったけど、私はそんな事を思ったことは一度もありません。

今の私には、将来やってみたいこととか、行きたい大学とかそういったはっきりとした「目標」はありません。しかし、母に少しでも親孝行できるように自分のやってみたいことなどを見つけていけたらいいなと思います。

そして、父の分まで長生きします。

将来の夢に向かって

宮城県　小学校六年　大壁　勇治郎

私の夢は医師になることです。私が医師になりたいと思った理由は、二つあります。

一つ目は、私が産まれる前からずっと、母が医師を目指してほしいと強く願っていたからです。それで、名前も勇気を持って世界の弱き者を治してほしいと名付けたそうです。そのおかげで、私の夢は三才から医師になることでした。

二つ目は、テレビなどのメディアで医師について良くしょうかいしているからです。私はそれを見て、医師がどのような仕事をしているか、どのような活やくをしているかを知ることができました。そして、良いお医者さんを見ると、「私もこのような医師になりたい」という気持ちがより強くなりました。

より良い医師になるためには、これ以上に頑張らなければならないので、私は中学校受験と英検にもちょうせんして来ました。そして、一つずつ合格を修めました。より良い自分自身に成長させて行くために毎日努力を重ねて、良き医師になるように日々頑張りたいと思います。

「お父さん、私は医師になるために頑張っています。ずっと見守ってください。」

過去と夢

宮城県　中学校二年　大　壁　理　奈

東日本大震災からもう九年になります。あの時の事は何も語れませんが、私は小学校二年生までよく泣いていたそうです。それで、私は中学生になる前まで、家族みんなと一緒に茶の間で寝ていました。でも、今は一人で部屋で寝ています。あの時の恐怖もだいぶ薄れているようです。

私は今、高校入試に備えて勉強を頑張っています。数学や国語だけでなく、絵の勉強にも力を入れています。なぜなら、私には将来なりたい夢がたくさんあるからです。その中で、一番なりたいのはまんが画家です。私は人々の役に立つまん画を描きたいので、毎日絵を描くのが日課になりました。最近は人の体の構造を調べ、スケッチブックに描く練習を重ねて、少しずつレベルを上げてます。そして、一日一日を大事に使って、悔いない日々が多くなるように一所懸命に頑張っていきたいと思います。

今を大事に生きる私

宮城県　高等学校一年　大壁理紗

震災がきてからもう少しで九年になります。お父さんが亡くなってから、いろいろなことがありました。知らない場所に引っ越して、一から友達をつくり、勉強についていくのは当時の自分にとってはかなり大変でした。しかし、そんな時期もあったからこそ今の自分がいるのだと思うようになっています。高校生になった私は、勉強も友人関係も、いろいろなことが昔よりも楽しく感じています。まったくできなかった数学ができるようになり、優しい友達もたくさんできました。しかし、それだけで終わりということにはしたくありません。私は将来、今を辛いと感じている人のための仕事をしたいです。私は看護師になるために勉強を頑張っています。しかし、私は漫画家になって自分の考えを描き、誰かを応援できるような作品を作りたいとも思っています。これから先どのようなことが起きるのか分かりませんが、誰かを支えられるような人になりたいです。

お父さん

熊本県　中学校一年　O・H

私は、六才の時にお父さんを亡くしました。

お父さんと家族みんなで温泉に行く事が好きでした。でも、お父さんが居なくなってからは全然いけなくて、あの頃がとても懐かしくなります。

私が二、三年生の頃、おじいちゃんが公園に連れていってくれた時に、周りの子がお父さんと楽しく遊んでいるのを見てとてもさみしくて泣いていました。私は、たまにお父さんがいたら「どんなことができたかな～？」と考えたりします。もし、今お父さんに会えたとしたら、まず抱きしめてもらいたいです。

そして、たくさん遊んでお出かけしたいです。

お父さん、これからもお母さんや家族の前では悲しい顔を見せずに、笑顔で頑張るから天国から見守って下さい。

少しずつ前向きに

宮城県　中学校二年　奨　学　生

私は、九年前にあった東日本大震災での出来事を忘れてはいけないと思っています。今まで一緒に過ごしてきた大切な人が、あの日を最後に失ったことの悲しみはすごく大きかったです。最初はたまに思い出して泣くこともありました。なんでこんな思いをしなければいけないんだろう、と思うことも何回かあって中々前向きになれませんでした。でも、時間が経つのと成長するにつれ考え込むことも少なくなり、今では前向きに過ごしています。こうやって今元気に過ごせているのは家族だけでなく周りにいる友達や全ての人のおかげだと思っています。家族は一番身近なところで私を支えてくれているし、友達は常に気持ちを明るくしてくれて一番大切な存在です。全ての人に感謝の気持ちを忘れずにこれからも大切にしていきたいです。この大切な人達を失わないために、九年前の出来事を忘れてはいけないし、その経験を生かして今の自分と将来の自分にできることを考えてこれから生活していきたいと思いました。

大学生になって

奨学生

父は、私が生まれて一ヶ月程で海難事故により亡くなりました。そのため、一緒に撮った写真は一枚もなく、悲しい気持ちになることが多々あります。また、「父」という存在を知らずに育ってきたため、将来において立派な「父」になれるのだろうかという不安もあります。

しかし、「大学生になって」父の同級生と話す機会があったり、祖父母から父の当時のエピソードを聞いたりするなかで、「父」とは何かに対する私の答えが見つかったように思います。

また、二十歳になって、成人式にも参加してきました。父と同じ地元の成人式に参加できて嬉しかったですが、一緒に写真を撮れたらどれほど嬉しかったのだろう、一緒にお酒を飲めたらどれほど嬉しかったのだろうと思ってしまいます。

大学生活は、折り返し地点を迎えました。残すところも就職活動とゼミと卒業論文ですが、こうして大学生活を送っていられるのもこの残してくれた奨学金のおかげだと思っています。ありがとうございます。残りの期間は最後の父に甘えられるところだと思っているので、甘えられるところはたくさん甘えていきたいと思っています。

また、もうすぐ母の日がやってきます。今年は、日頃の苦労をねぎらうだけでなく、女手一つでここまで育ててくれたことにも感謝して、プレゼントを贈りたいなと思います。

お父さんが亡くなってから日本では様々なことが流行っていて、今回はコロナウイルスが猛威を振るっています。就職できるかの不安もあるけど、それ以上にコロナウイルスにかかって誰かを失うことやお母さんを悲しませることを恐れています。だから、今年は帰省ができなくてお墓参りに行くことはできないかもしれないけど、就活の良い報告ができるように頑張るから、応援してくれると嬉しいです。

お父さんへ

和歌山県　中学校三年　奨　学　生

僕にはお父さんがいました。中学生の時に事故で亡くなりました。亡くなった日の朝、僕は二階で寝ていました。一階がやけにさわがしくて、どうしたんだろうと思っていたらお父さんが亡くなったことを知りました。その時は本当にこんなに早く別れることになるとは思っていなくて涙が止まりませんでした。

小さい頃から僕のことを精一杯支えてくれていたお父さんのことが僕は大好きでした。そんなお父さんがいなくなって悲しいし、さびしいですが、ちゃんと前をむいて生きていきたいと思います。そして、ここまで育ててくれたお父さんに感謝の気持ちでいっぱいです。

お父さんへ

和歌山県　専門学校一年　奨　学　生

お父さんが亡くなって二年が経ちました。

思い出すと、お父さんはいつでも笑顔でした。仕事の後で、疲れてそうな時でも、僕が話しかけると、笑顔で聞いてくれたことを覚えています。

お父さんは、僕の志望校について全力で応援してくれていました。

一年前、その志望校に進学することができました。試験勉強の日々はとても辛かったです。でも、お父さんが応援してくれていると思うと、頑張ることができました。入学試験に合格出来たのはお父さんのおかげだと思っています。

これからも、お父さんが応援してくれていると思って頑張っていきたいです。

感謝

福岡県　高等学校二年　奨　学　生

私はまだ幼稚園の年中の時に父が亡くなり思い出は？と聞かれてもなんとなくしかありません。しかし月日が経った今でも命日だけではなく沢山の人が家に来てくれて、昔の父の話をしてくれます。それが私の父の思い出ともなっているのかもしれません。父が死にその後祖父も二人続けて病気で亡くなりました。女ばかりになってしまったけれど、父母の兄弟やしんせきの人も気にかけてくれてたくさんかわいがってくれました。父がいないことが淋しいと思う気持ちもあるけれど姉と兄がいて丈夫な体で過ごせていることを幸せに思います。私はまだ将来何をしたいかと決まっていないので沢山勉強して探していきたいです。そんな選択ができる事に感謝しています。

夢に向かって

福岡県　大学二年　奨　学　生

僕の父は、小学二年生の時に亡くなりました。その日の事はなんとなくしか覚えてないのですが、サッカーの指導者もしていた父の教え子や友達、仕事の人、沢山の人が来たのを覚えています。家の仕事もやめることになりました。自分は後継ぎという選択肢がなくなりました。進学する時に母がいつもいいました。「自分のやりたい事を見つけて、それにむかって一生懸命頑張りなさい、人生何があるかわからないから」と…

高校では好きなサッカーをして大学にも進むことが出来たのは沢山の人の助けがあったからかと思います。感謝してこれからも夢にむかって頑張ることが自分の役目だと思っています。

九年経って

岩手県　奨学生保護者　佐々木　直　美

私の旦那は、九年前の津波で行方不明のままです。まだ二十八歳、まだまだ子供達三人の成長を一緒に見たかったです。旦那は結婚して婿になり私の家の漁業を継いでくれました。慣れない船の上の仕事はとても大変だったと思います。弱音も吐かず頑張り屋でした。

お酒に酔うといつも将来の子供達の事を話していました。じいちゃんとオレと息子と船で一緒に働くのが夢だ、と語っていました。夜はじいちゃんと旦那と酒を飲んで漁の話をするのが日課で、いつも幸せそうに笑って話をしていたのを思い出します。

震災から九年、毎日仏壇を拝んで思い出して泣いてしまう時もあります。子供の事や悩み事がある時、生きていたら相談できたのにと思う事があります。でも気持ちを前向きにして行こうと思うようになりました。

息子達も春には長男は高校二年、次男は中学三年、三男は小学六年になります。三男は軽度の知的障害と自閉症と二年前に診断されました。でも健康で居られるのが一番だと思い三男は三男なりに育てて行こうと決めました。生きていれば色々な事があると実感しました。

自分達がここまでやってこれたのも私達家族にかかわってくれた沢山の人達や漁船海難遺児育英会さんのおかげだと思い、ありがとうございますと感謝の気持ちでいっぱいです。

この事を子供達が日々、忘れないように、困っている人が居たら助けて優しい気持ちを持って生活していってほしいです。

辛い思いもしましたが、これからも家族みんなで協力しあい笑顔を忘れず生活していこうと思います。旦那の事は一生忘れる事はありませんが、息子達の成長を天国からずっと笑顔で見守っていて下さい。三人の宝物を残してくれてありがとう。

胸中の主人と宝の子ども達と共に生きる

徳島県　卒業生保護者　島　尾　抄　子

どんな時も笑顔で優しかった主人が、四十五歳で逝ってから十九年目の春を迎えましたが、今は世界中が新型コロナウイルスの感染症の脅威に応戦している時です。亡くなられた方々のご冥福をお祈りいたします。

大切な人を突然失ってしまった喪失感は、時が経ったからといってなくなるものではありません。それでも、私と子ども達は多くの人たちの真心に支えられ、胸中の主人にいつも語りかけながら、今日まで進んでくることができました。

当時十歳だった息子は、重度の自閉性障がいがあり、現在は施設に通所しています。障がいから起こる困難さや不自由なことはたくさんあって、穏やかな日々とはいいがたい毎日ではありますが、息子のおかげで私は、人の悩みや喜びに寄り添い、分かち合いたいと思う人間に成長させてもらえたと感謝しています。

五歳のころ姉の机を横取りして描き始めた絵が、息子の生きる場所を大きく広げてくれました。養護学校高等部を卒業する十年程前からは主にネコの絵を描くようになり、お世話になった皆さん、息子の絵を大切に思ってくださる皆さんへの感謝の思いを込めて、毎年個展を開催。多くの方々との交流の輪が広がっています。

主人の通夜・葬儀が終わり、寝込んでしまった私に「お母さんは未熟やなぁ。試練は乗り越えてこそ完璧やろ。」と言った当時十一歳の娘は（きっと主人が言わせたのでしょう）その後、自分の志望の大阪の高校、東京の大学へ進学し、就職しました。

私自身は家庭の経済状況から、高校は母がお金を借りて進学させてくれ、大学は働きながら夜間で学びました。なので、子ども達が希望すれば、学びたいとの思いは全力で応援してあげたいと、主人とも話していました。

主人亡き後不安もありましたが、貴会や支援してくださる方々のおかげで、二人ともそれぞれの学びの機会を得ることができました。この紙面をお借りして、心より御礼申し上げます。本当にありがとうございました。

娘は徳島で十五年暮らし、実家を離れてから十五年になりました。「一生仕事で生きていく！」と言っていましたが、昨年、生涯を共にしたいと思う人ができ、秋に結婚しました。息子が一人増えてとてもうれしいです。

主人のこと、弟のことを胸に秘め、自ら志望したとはいえ、葛藤多き思春期に親元を離れ、様々な悩みや寂しさを一人で乗り越えてきた娘のことを、もっと甘えさせてあげたかったと思うと同時に、誇りに思います。

最後になりましたが、不慮の事故や災難などで大切な人を失う人が一人もいない世界、そして子ども達が学ぶことをあきらめないでいい世界になることを願いつつ、胸中の主人と宝の子ども達と共に、これからも生き抜いていきます。

会ったことのない父親

千葉県　高等学校三年　庄司早希

私は、父親の顔を一度も見たことがない。私が生まれる半年ほど前に漁船の事故が原因で亡くなった。

周りの人からは、かわいそうだとよく言われる。確かに、周りからしたらそう見えるかもしれないが、父親のいない生活が当たり前だったので、自分では周りの人の生活と何ら変わりはないと感じている。シングルマザーで三人兄妹の家庭であるにもかかわらず、他の人と同じように学校に通うことができたり、欲しいものを買ってもらえたりと、何不自由なく生活できている。しかし、他の片親の家庭を見ていると、生活は厳しく、経済的にかなり大変などというのを目にし、自分がいかに幸せに暮らせているということを実感する。

これも母親の努力と父親が生前一生懸命働いてくれたおかげで今の生活が成り立っていると思うと、感謝してもしきれない。これからも両親への感謝の心を忘れず生活していきたい。

お父さん

高知県　小学校三年　Y・S

お父さんは、わたしが二才十か月、弟が生まれて二か月で船のじこで亡くなりました。今もお父さんと水ぞくかんやいろんな所へ家族で行ったことはおぼえています。とてもやさしかったです。

お父さんのかわりにお母さんがおじいちゃんとおばあちゃんとひいばあちゃんとしごとをいっしょにいっしょうけんめいがんばっています。

わたしもお手つだいや勉強や習いごとをかんばるから見守ってね。

お父さんへ

卒業生

二〇一一年三月十一日、私は小学校六年生でした。当時は卒業記念品を作成していて、地震が起き、母が迎えにきて、姉と弟と母と私の四人でおばあちゃん家に避難しました。その夜、母から父が帰ってこないことを聞きました。私は泣き崩れ、「もう父が帰ってこない…」この事実をすぐに受け入れることができませんでした。心に大きな穴が空いた感じでした。

あの日から八年たった今も、父は見つかっていません。たまに父は夢にでてきてくれます。でもその夢は津波だったり、一緒に遊んでいたりと楽しい夢ばかりではありません。周りの家族を見れば羨ましいとも思います。

父は色んなところに連れてってくれて、尊敬できる人でした。「父のような人になりたい」と思いました。キャンプやマラソン、教えてもらったバレーボール、父との思い出は私の宝物で、そんな父が私は大好きでした。

私は、あの日から中学校、高校に入学しました。制服姿を見てほしかったし、バレーボールの試合、駅伝の応援に来てほしかった。福祉の仕事に就きたいという夢ができ、高校を卒業して専門学校に入学しました。卒業式の袴姿、成人式のドレスも見てもらいたかった。そして、結婚する時がきたらバージンロードを一緒に歩きたかった。もう、叶うことはないけど、何か出来事があれば空に向かって父に報告しています。私の就職先が決まった日は、父の月命日でした。父が力をくれたのかなと思いました。今は、社会人となり、福祉施設で働いています。いつか社会福祉士の資格をとり、母を支えられるように頑張ります。

「お父さん、いまどこにいますか？

早く帰ってきてね。

そして、これからも私たちを見守っててね。」

最後に、漁船海難遺児育英会の皆様、支援していただき本当にありがとうございました。

十八年間の思い

鹿児島県　高等学校三年　立石　そらみ

私の父は、私がまだ一歳七カ月だった頃、一酸化炭素中毒で亡くなりました。この頃の私は何も分からず、高校を卒業した今でも父の事はよく覚えていません。ですが、幼い頃から周りの人に「お父さんによく似ている」と言われ、私は父の生まれ変わりなのかなと思いました。

五歳頃から私は、母子家庭で他の家庭と違うことを知りました。しかし、母は周りの家庭と変わらず、仕事と家事を両立させながら私を育ててくれました。また、祖父が喫茶店を経営していたため、お客さんとお話する中で、たくさん学びました。そして、私のわがままで高校も私立に行かせてもらい、部活動を三年間続けて、とても濃い高校生活を過ごすことができました。この経験ができたのも母のおかげです。よく笑う人は、悲しい過去があった人という言葉があります。この言葉は母にとてもぴったりだなと思いました。母は私の自慢の母であり、憧れです。

成長していく事

和歌山県　奨学生保護者　西　浩　美

主人が船の事故で突然他界して八年。私は今でもどこかで本当は生きているんではないかと思う日々を過ごしています。あまりに突然の事で事実を受け止めたくないと思っているのでしょう。しかし、現実は、五才の長男と三才の長女を一人で育てていかなくてはならないと言う事でした。母親であり、父親の役目もしないといけない。本当に毎日が奮闘の日々でした。

長男は中学二年生。主人とは種目は違えども同じ中学の陸上部です。主人の時とは変わらないユニフォームでがんばっている姿は、天国の主人も誇らしげに見守っている事でしょう。

長女は小学校五年生。三才の時に主人のひざによく座りご飯を食べていた長女。今では、私のひざに座りに来ると前が見えなくなるぐらい大きく成長しました。

長男には、父親がいない分余計にしっかりしてもらいたいと思い、つい色々な事に強く怒ってしまい言い過ぎる事が多々ありました。父親がいない分、父親がいない分と何度も思いました。しかし、そんな私の思いとは違い、「お母さん。重たいから持ってあげる」と私よりも小さいのに重たい荷物を持ってくれました。成長している!! 私は反省しました。長男はちゃんと父親のようにやさしく強い子に成長してくれていました。

これから、二人はどのように成長していくのかすごく楽しみです。天国から主人もきっと楽しみに見守ってくれているでしょう。私も子供達もがんばるからね。笑顔で見守っててね。

変わってしまったこと

奨学生

私は、母と妹の三人家族です。

母の部屋には父の写真があり、毎朝お水とご飯が供えられます。

私が小学四年生の時、父が海難事故で行方不明になり三人家族になりました。戸籍上の父の欄には除籍と印字されています。

父は単身赴任だったため、父のいない生活には慣れていました。年に数回の休暇で帰省した際はいろいろなことをして遊んでくれていました。一年に一度は母の大好きな場所へ旅行に行きました。父が行方不明になって以降、母はその大好きな場所に行くことをやめてしまいました。私にもやめてしまったことがあります。父とすごした最後の夏以降、海で泳いだこともありません。海の近くに住んでいるのにと不思議がられますが、たぶんこの先もないような気がします。

　母の口癖は「あなたが成人するまでは絶対に死ねない。」「もしものことがあったらパパの近くに散骨してほしい。」

　父がいなくなり、ひとり親になった母は自分に何か起こった時に遺される私と妹のことを過剰に心配するようになりました。至って健康な母ですが「人生何が起きるかわからないでしょ。」突然父がいなくなってしまったのだから仕方のないことだと思います。私は今年二十歳になりますが、母にはこれからも元気で長生きしてほしいです。

　父がいなくなり、変わってしまったことが多くあります。唯一変わっていないのは親子の仲です。母と私、そして妹。言いたいことを言い、喧嘩も多々ありますが、父がいた時と変わらず元気に頑張っています。

　親子間で父のことはよく想い出話をします。事故から十年近く経ちますが、父のいなくなった経緯を話したり調べたりしたことはありません。事故調査報告書、当時の新聞記事等たくさんの書類を母が保管しているのを知っています。私たちが悲しみ苦しんだ以上の思いを父はしたはずです。父には申し訳ないと思います。しかし、事故の詳細から父がなぜいなくなったのか知るには、まだ時間が必要なのです。

たくさんの方に支えられています。感謝の気持ちを忘れず、夢を実現するためにしっかり勉強したいと思います。

両親へ

広島県　大学三年　奨　学　生

現在、私は大学で勉学やサークル活動に励み毎日充実した日々を過ごしています。私が中学生のときに父が亡くなり、一日で今後どうなるのか分からない状態となりました。しかしながら、様々な方の支えがあり大学に進学することができました。私が小さい頃から父は私を海に連れて行き様々なことを教えてくれ、経験させてくれました。その影響があったためか、大学では海を研究フィールドとする研究室に入り研究を行っています。大学で学んでいる現在は、父よりも海に関する知識が多くなり、父の知らない海の世界について知っているかもしれません。父ともう直接話すことはできないことが非常に残念です。今後も勉強できる環境への感謝の心を忘れずに頑張りたいです。

母は父が亡くなってから精神的にも大変ではあったと思うのですが、以前と同じように振舞い、私を育ててくれました。また、周りの友達と同じように高校に進学させてくれ、部活にも入部させてくれました。県外の大学への進学を希望したときも反対せず応援してくれました。父が亡くなってから経済的な面をはじめ大変な部分は多くあったとは思うのですが、父がいた時と同様に私のやりたいことを尊重してくれて感謝しています。

亡き父と自分を重ねて

愛媛県　高等学校三年　三　宅　　凪

今年も庭の椿の花が美しく咲きました。これは、両親が東北への新婚旅行で泊まった浅虫温泉の宿でもらった小さな苗木を植えたものです。玄関にはマグロの木彫りの置物があります。これも同じく両親が新婚旅行の際に買ったものです。そして、リビングには両親と私の三人が大きなカマキリの模型の前でピースのポーズをした写真が飾ってあります。この写真が三人が写った最後の写真となりました。その写真から二ヶ月後、父は帰らぬ人となりました。

父が亡くなったのは私が三才の時です。そのため、父に関する記憶はほとんどありません。しかし、微かに覚えている事もあります。一緒に寿司屋に行ったこと、悪さをした際に叱られたこと、漁港まで連れていってもらい美しい海の景色を見せてもらったこと。目を閉じるとあの日の記憶が頭の中にシャボン玉のように浮かび上がってきます。あの日私を抱いていた父の逞しい腕は、今になるとたくさんの苦労を乗り越えてきたものなのだと感じました。

昨年父の十三回忌を無事終えることが出来ました。法要の後、お坊さんが母にこのような事を言っていました。「お父さんの死が何もわかっていなかった息子さんがこんなに立派に成長して、大変だったねぇ。よく頑張ったねぇ。」と。普段あまり涙を見せない母の目に大粒の涙が光っていました。私は「母のことをこれからも大切にしなくてはならない。」そう心の中でつぶやきました。父が亡くなってから今まで、母は女手一つで私を育ててくれました。毎日夜遅くまで働き、心身共に疲れる事もあったと思います。それにも関わらず、私に対してとても優しく接してくれました。この母の優しさが今の私をつくっているのだと思います。辛い事にも耐え、今まで育ててきてくれた母には、感謝してもしきれません。

私は今年、高校三年生になります。三才の頃に比べると心も体も成長しました。背丈も父と同じ程になり、顔も父の事を知っている人達に似ていると言われるようになりました。今でも時間がある時は海へ足を運ぶ事があります。どこまでも続く海を見ていると悩みも吹き飛んでしまいます。父も子供の頃同じような事を思って漁師になったのかなと思います。私にとって一番大切なものは「いのち」です。そしてその次に大切なものは「母」です。今まで育ててくれた母への感謝をこれからも忘れず、亡き父の代わりとして母を守っていきたいと思います。母、そして父との思い出が私にとって一番の宝物です。今日もまた、海の香りと共に父との思い出が風に乗って私のもとへとやってきます。

二十年間の感謝

熊本県　大学二年　村田有飛

私は、生まれてから二十日後に父を亡くしました。なので、父の記憶や思い出はもちろんありません。そして、母子家庭だということを物心がついたときには分かっていました。自分でも、いつ父が亡くなったことを知ったのか今でも不思議で仕方がありません。また知った時の自分の反応を見てみたいです。

私の母は、一人で私と兄を育ててきました。年を重ねるごとに親の大切さを感じます。最近では特にアルバイトを始めたので、お金を稼ぐことの大変さと大切さを知りました。私大に通っている私は、母がどれだけ私に費やしてくれているのかを実感しています。

また、今大学に行けて学ぶことができるのは、育英会の奨学金のおかげだと思っています。本当にありがとうございます。今後とも、奨学金を有意義なものに使っていこうと思います。

大切な家族

北海道　高等学校一年　河　野　繭　香

七月十二日　午前六時五十分。父が操縦をしていた「善運丸」についていた時計が止まった時間。そして、父が亡くなったと思われる時間。当時私はまだ十歳でした。

ことが起きた時、私は地域で行っている「自然教室」というイベントに参加し、バスに乗って移動しているところでした。移動場所まで遠く、疲れていた私は寝ようとして目を閉じ、少したった頃…急に引率の先生に起こされました。先生の焦った様子は、当時幼かった私にも伝わりました。

「お父さんが危ない」

そう突然告げられ、私と一緒に参加していた双子の妹と地元へ急遽帰る事になりました。帰る途中、妹とどうして帰らなければいけないのかよくわからず「骨折したのかな？」「まさか…死んじゃったんじゃない？」等、軽い気持ちで会話をしていた事を覚えています。

地元に着き、向かった先は予想通り、病院でした。外では、父の船に乗っていた乗組員の家族が泣いており、骨折しただけなら、こんなに泣くはずがない…すぐに私の頭には冗談で言っていた「死」という言葉が浮かんできました。

病院に着くと、母は今までに見たことないくらい泣いていました。母の第一声は「まゆ・りん、とっと（父）死んじゃった」でした。嘘かと疑いましたが、これは現実であり、近くにいた妹は祖母に抱かれながら思い切り泣いていました。私はびっくりしすぎて、全く涙が出ませんでした。家に帰っても現実を受けとめきれず、祖母の家に逃げて行ってしまいました。泣きそうになっても姉から「一番辛いのは、かっか（母）なんだからね…」と言われ、泣くのを我慢しました。

父の顔はいつもと同じように静かに寝ているようでした。そして父の顔のぬくもりや、感触が今でも忘れられません。

改めて、この事故で私は命の大切さ、偉大さを知ると共に、命と同じくらい家族の偉大さを知りました。今、この時間を大切な家族と過ごし、笑い合い、楽しい時間を過ごす事は当たり前ではありません。もう時間を戻す事は出来ないけれど、一度でいいから成人して働いている姿や頑張っている姿を見せたい。そして父の分まで精一杯生きようと思います。

それが今の私に出来る事だから…。

今までとこれから

どれだけ時が経とうとも、鮮明に思い出せる。
　あの日、突然の知らせに耳を疑った。
あらゆる感情が一気に押し寄せ、
　　私はくずおれた。
　何度涙を流したかわからない。
ひたすらに続いた、虚ろな灰色の日々。

この傷は、触れれば今も血を流す。
　忘れたくはない。
貴方を喪った痛み、悲しみ、
　　そのすべてを胸に抱えて――。

生きる事に感謝

宮城県　奨学生保護者　大壁吏理佳

三月十一日、私は学校と保育所から子ども達を無事に連れて帰る事が出来ました。震えている私に、あなたは「津波が村を襲わないように、水門を閉じてくるから、先に避難していてね。」と言って、私達を残して一人で浜に向かって行きました。私達は避難する事が出来ませんでした。それは間もなく、津波が押し寄せて来たからです。私達の目の前で、村にある全てを引いて行ってしまいました。恐怖と怒りの一夜でした。世界が終ったかのような暗闇の中。どうすればいいのか、どうすればこの幼い子ども達を守る事が出来るのか、不安でした。携帯電話に電源を入れて、ニュースを聴くが、死者の数以外、私に必要とする情報は得られず、不安が増すばかりでした。「パパ、今どこにいるの。ちゃんと（きちんと）安全な場所に避難しているよね。」でも、津波がゴーンと来る度に、恐怖が私を震えさせました。生き残るとは思えませんでした。ただ、津波に流されて死んでも、子ども達と一緒にいられますように、と祈る事しか出来ませんでした。恐怖の中、人々の安否確認をしている声が聞こえて来ました。静かな朝に聞こえて来る人の声は私に安心感を持たせるものでした。その反面胸騒ぎがしました。それは、一番に来るだろうと思っていた主人がまだ、見えてないからでした。私は涙を堪えて、尋ねました。「主人はどこに避難していますか。」と。役場の職員さんは「ご主人はどこにもいませんでした。」と言いました。

私はこの先どうする、心配する余裕もなく日々は過ぎて、四十日後には四番目の子どもが生まれて来ました。上の子三人と離れて、臨んだ出産でした。生まれた子を一人で見るのが、悲しくて悲しくて、涙が溢れて来ました。一週間後には離れていた子ども達とも再会をし、しばらくは母子施設で世話になる事になりました。

私はまだ、日本語も日本の風習も身についてませんでした。失敗ばかりの私を成長させてくれた子ども達にも感謝しています。

そして、皆様からも色々なアドバイスを受けたり、心温まる支援を受けたりしながら、私達は前に進む事が出来ました。二年前からは子ども達が一斉に受験勉強を始めました。昨年は長女が高校入試に合格し、今年は長男が中学入試に合格しました。来年は二女が高校入試を受けます。子ども達は将来の夢に向かって一所懸命に勉強をしています。人々のため、世界に必要な人材になるように、日々努力を重ねています。私は毎日頑張っている子ども達が元気に過ごせるように、私は気を配っています。私は感謝の気持ちを一度も忘れた事はありません。そして、子ども達を心身共に元気に育てる事が私の仕事。子ども達を守る事が出来る環境を作って下さった、皆様にもう一度、感謝申し上げます。

ありがとう

宮城県　専門学校一年　奨　学　生

私の父は、東日本大震災で亡くなりました。父は優しく、親族のおばあちゃんを助けに行って犠牲になってしまいました。二、三週間経っても見つからずあきらめていた時に、海上自衛隊に見つけてもらい家族の元へ戻ってきてくれました。当時私は、小四だったため、あまり把握できてませんでしたが、父を見た時は涙が止まりませんでした。

「父が大好きでした。」

「父との思い出がたくさんあります。」

今は母の元を離れ、専門学校に通っています。父が天国で見守ってくれてると思い、これからも日々頑張っていきたいと思ってます。

感謝

高等学校一年　奨　学　生

　私の父は、三月四日に仕事中の不運の事故で亡くなってしまいました。そのことを次の日の朝に母から聞きました。初めは信じられず嘘だと思っていました。ですがしばらくしておじいちゃんとおばあちゃんが涙を抑えながら私の部屋にはいってくるのを見てこれが現実におきている事だと実感しました。その瞬間に色々なものが頭に浮かんできました。ですが私は思春期に入っており父と疎遠になっており、父の最後に話した事は何だったたか、いつもどんな顔をしていたかすらも思いだせませんでした。いっときの感情を優先したのに、失ってから悲しみが湧いてくる自分に嫌気がさしました。だから私はこの事をきっかけに変わる事をけついしました。どんな事があっても先を見ながら生きる人間になると。それがせめてもの恩返しになると信じています。

十六年間ありがとう

高等学校三年　奨　学　生

二年前の三月四日、真夜中に父の職場から「お父さんが船から落ちた」という旨の電話が掛かってきました。それはとても急な出来事で、悲しむこともできないくらい呆然としていました。それからというもの、父の遺体が見つからなかったこともあり、現実を受け入れることができないでいます。それでも、気丈に振る舞ってくれている母や、支えてくれる周囲の人達の存在のおかげで毎日、以前と変わらない日々を送れていることに感謝しています。ここまで育ててくれ、最後まで家族のことを考えてくれた父には感謝してもしきれず、親孝行できなかった後悔でいっぱいです。その分、母や支えてくれる人に感謝しながら、立派な大人になって、天国の父に恥じない娘になろうと思います。

それでも魂はいつまでも

北海道　卒業生　河　野　秀　飛

平成二十六年七月十二日　午前六時五十分。

北海道の北・羽幌町のナマコ漁船「善運丸」が転覆した。

転覆した善運丸の船長は私の父であった。

最後まで自分の船を守ろうとしていたのか、海へ飛び込み逃げるのではなく、操縦室の中で息をしていない父が後に見つかった。強気な父の人柄を今は懐かしく思う。


いつもと何も変わらない朝で「いってらっしゃい」と見送る母。

その数時間後、転覆事故は起こった。私がその知らせを受けたのはお昼頃だった。

部活の練習をしていた為、数十件の着信に出る事が出来ず、折り返し電話をした時の母の震えた声。地元から二時間離れた土地にいた私は、すぐに自宅へ向かうが、どうにもこうにも涙が止まらなかった。真っ青だった空からも突然雨が降り出したりもした。現実を受け止めきれない気持ちばかりで、自宅へ向かうのも怖くただ泣く事しか出来なかった。

地元へ到着すると自宅の周りには数十台の車が停まっていて、最後に父へ会いに来てくれる方達で家の中はいっぱいだった。自然と涙と呻き声が出る。この気持ちを隠す事も、我慢する事も出来なかった。まだ髪も海水で濡れている父の顔はとても冷たかった…。

納棺の身支度をする際、私たち家族も父の清拭を行った。横になっている父を目の前にして、布を持ちながら震えているあの母の後ろ姿が今でも脳裏に焼きついている。

——こんなに辛い事があるのか…。

私も涙で前がぼやけて、どうする事も出来ない。

すぐにラジオやテレビ等で、この事故は全国に伝えられていた。そのニュースの映像から、私たち家族は転覆した船を初めて見る事になる。あの時の辛さと言えばなんと表現したらいいのだろう。お通夜を終え、友人たちが父の大好きだったビールを呑んでいても、いつものように楽しそうに一緒に呑んでいる父の姿は無く、違和感ばかりがあった。遺影となった父の垂れ下がった目の笑顔はとても優しい笑顔だった。今も、その優しい笑顔で私たちを見守ってくれている事を信じている。

父が残してくれた私たち五人の兄弟の成人式を見る事が出来ず天国へ行ってしまった父。

一番悔しいのは父に違いないけれど、せめて晴れ姿だけは見せたかった。一緒にビールを呑んでいる想像しか出来ない今だけれど、いつかあっちでお酒を交わしたい。

事故当時、兄は十九歳、私は十七歳、妹は十四歳、双子の妹は十歳。

時の流れは本当に早いモノで、私達兄弟の三人が社会人となった。

誰がなんと言おうと、私たち家族にとっては、たった一人の父。

この先も父の分も家族みんなで一生懸命生きようと思う。

せなか

福島県　高等学校一年　K・M

パパがきのう死んだので
みんなが黒を着て集まってきた
驚いたことにぽろぽろ泣いているのは
私たちに涙を一度も見せたことのない母
それを心にもない言葉で慰めるひと

パパがきのう死んだのに
空は雲一つない快晴

海は暑い夏の陽をきらきらと輝かせ
私はセーラー服のリボンを結び直す
あれ私ドライアイかな涙が止まらない

パパがきのう死んだから
今ごろパパが大好きだと気付いた
気付くのが遅すぎた
もっとしつこく「パパおんぶして」って言っておけばよかったなあ
パパのせなかに

家族の思い出

岩手県　中学校二年　K・M

「パパとママとあおはどこにいるの？」

そう言って目が覚めた九年前のあの日、大きな震災がありました。東日本大震災です。

親戚の人とママと妹のあおと一緒に逃げたのに親戚の人と私だけが無事に助かりました。

親戚の人と私は津波の波をかぶったけど、網に引っかかったおかげで助かりました。

そして、私は目を覚ましました。その時、親戚の人は目を瞑ったままでした。私は、親戚の人が生きていると信じて話しかけ続けました。

そして、その人がうっすらと目を開けてから周りに誰も居なかったのでこのままではダメだと思い、「助けてー！」と何度も叫びました。その私の声を聞いた人が助けに来てくれました。私はその人の教えてくれたことを頼りに、親戚の人と一緒にみんなの所へ行きました。私は津波で家を流されたので、地域の人の家に泊まらさせてもらいました。とてもありがたかったです。

数日後に祖母と再会できました。うれしかったです。それからしばらくして、ママが見つかりました。生きていませんでした。私がそのことを知らされたのは、ママが見つかってから何日かたった後でした。少しくやしかったです。ママのことを一番知っていたかったし、すぐに教えてほしかったからです。でも、逆に良いこともありました。私はあれから取材をされました。そして、私がうつっている記事を目にした人々が支援を送ってくれました。遠く離れたところにいる人々とこれをきっかけに関わることができたのも奇跡だと思います。その人々のおかげで私も周りのみんなと同じように児童館、小学校、中学校に行けました。私の周りの人々には、感謝しかないと思います。

パパ！　津波が来たときはすぐに逃げてほしかったな。あまり遊んだりすることはできなかったけど、パパのことはよく覚えているよ。そして、絶対に忘れないよ。いつまでも私のパパだからね。

ママ！　事実は本人にしか分からないけど、パパを助けに行ったらしいね。それよりも、自分の命のことを考えてほしかったな。短い間だったけれど、その間にあったことは覚えているよ。ママとの小さな出来事も覚えているから、ママも私のことを忘れずに空の上から私を見守っててね。

あお！　津波のあったときは、まだ二歳だったから怖かったよね。ママと手を繋いでいたからママと一緒にパパの所に行ったのかもしれないけれど、ねぇねと手を繋げば良かったんだよ。あおと一緒に保育所とか学校に行く時をねぇねは楽しみに待ってたんだよ。いつまでも姉妹だからお互いに忘れないようにしようね。

みんな！　短い間本当にありがとう!!　家族全員で暮らしたら楽しかっただろうね。心と気持ちだけでも一緒にいようよ。これからも、私をずっと空の上から見守ってて下さい。

忘れないあの日

福岡県　大学四年　奨　学　生

私は今でも父が亡くなった日の事を忘れません。小学校四年の時、学校にいつもの様に登校しいつもの様に友達と会話をして授業が始まろうとしていた時に、家からの電話があったと先生から言われ、わからないまま病院へ行きました。泣きくずれている母と横になっている父。何が起きたのかわからずにいました。家に帰っても父は目を開けません。冷たくなった身体を母と一緒にさすり続けました。まだやわらかく、いまにも目を開けて立ち上がるのではないかと何度も思いました。三人兄弟の一番上で父との思い出は自分が一番あります。サッカーを教えていた父には教え子と沢山の仲間、父の昔話を今でもしてくれる方々がいて今でも父と一緒に過ごしているのではないかと思う程です。母は仕事に出て独身の頃に働いていた保育士として私達を育ててくれました。今大学に通って学べる事に感謝をしています。援助して頂いている事に感謝して頑張ります。

後悔

奨学生

平成三十年六月二十日の朝、家を出て学校に向かおうとすると突然母の携帯に漁業協同組合から連絡がきて、父が行方不明になったことを知らされた。捜索が始まって数時間で父は発見されたが、既に息が無く目を覚ますことはなかった。

当時のことでよく覚えているのは父の葬式の時のことだ。父は顔が広く、多くの人に慕われていたのでたくさんの人が来ていた。ほとんどの人が喪主である母に、父への感謝を伝えていて、父の人望の厚さを感じた。

父が亡くなった時、私が最初に感じたのは後悔だった。いつも父には憎まれ口を叩いてばかりで素直になれず、全く感謝を伝えられていなかった。前に見た「感謝は伝えられるうちに伝える」という言葉が身に沁みた。これからはこのような後悔をせず、素直に家族や友人に感謝を伝えていきたい。

父の背中

鹿児島県　専門学校二年　牧　田　紗　更

私は、小学校入学前、弟は生後八ヶ月と幼い中、平成十九年二月十五日、火災事故で父は命を落としました。約一ヶ月後に南極から運ばれてきた父の遺体は、黒く顔を染めぐっすりと眠っていました。父が南極に渡る前、母は「今回は必ず見送りに行かなきゃ」そう感じ、私と生後六ヶ月の弟を抱え、父の見送りに行ったそうです。私たち家族四人が会話を交わしたのは、その日が最期でした。今思うと、母の感じた思いは何かの前触れだったのか、と思います。

葬式では外にテントを張るほどの多くの方が参列してくださっていました。私の記憶にある通り、優しくて強くて男らしい人気者の父だったので、参列客の多さに驚きと同時に、さすがだなと感じました。それと同時に大切な人を亡くした母からは笑顔が消え、やせ細っていく母の弱い姿は、今でも私の記憶から消えることはありません。小さいながらに、母の笑顔を取り戻すため、必死に笑顔を振りまいていた私自身の記憶が鮮明に残っています。父を亡くしてから十三年、母は女手一つここまで何不自由なく私たちを育ててくれました。私のわがままで小学校一年からバレーボールをさせてくれた母。試合のある日は、仕事が終わってからでも毎回駆けつけて応援に来てくれました。弟は小学校二年まで私の影響でバレーボールを、小学校三年からは父が生きている頃に語っていた「大きくなったら野球をさせる」その目標を叶えたいと野球を現在しています。私たちのやりたいと言ったことは、何一つ文句を言わずにさせてくれた母には感謝しかありません。現在、私は小さい頃からの目標であった看護師という夢に向かって勉学に励んでいます。一つでも助かる命を救うために全力でサポートを行える看護師を目指し、いずれ母に恩返しをしたいと思っています。お父さん、私たち三人の活躍を天国から笑顔で見守っていてください。お父さん、お母さん。二人の間に生まれてこれて私は、心から幸せです。ありがとう。

私の父

奨学生

私の父は、私が小学校一年生の時に海難事故で行方不明になりました。

父の乗った船が遭難したと知らせがあったのは、事故発生の翌日でした。その日は、地元の秋祭りで祖父母と出かけていました。午後三時位に祖父の携帯電話に母から連絡がありました。慌てた祖父に連れられて自宅に戻りました。自宅に戻ると母が泣いていました。母が泣いているのを見たのは初めてでした。理由はわからず、とても不安な気持ちになったのを覚えています。小学一年生の私には、遭難の意味が分からなかったのです。「どうしよう」と繰り返し泣く母。怖くて何が起こったのか尋ねることはできませんでした。

次の日、母と祖父は事故の起きた静岡に向かいました。母が戻ってくるまでの間、どんなことをして過ごしたのかあまり覚えていません。覚えているのは、親戚や近所の人に「可哀そうに」と繰り返されたこと、「なぜ？　何が？」と思っていました。同級生からの「お父さん死なしたと？」と、新聞記者の方に「お父さんとの想い出は？　どんなことをして遊んだ？」ときかれたことは忘れられません。たぶん、ショックだったのか、何かしら思ったからだと思います。何と返事したかは思い出せません。

母と祖父が戻ってきた日に、母が「ごめんね。パパ見つけてあげれんかった。」「もう、パパには会えんかも。」と私と兄に言いました。この時、周囲の人が私たちに「可哀そう。」と繰り返したのは父がいなくなったからだと理解しました。遭難した船から三人生存者が発見されましたが、父は戻って来ませんでした。

私の父は、単身赴任をしていて、一年間で数回一週間程自宅に帰省していました。毎年、大分へ家族旅行に行っていました。私の我儘も笑ってきいてくれました。小さい時から、父が帰ってきたら保育園も登校拒否をして父から離れなかったそうです。

私も兄も父にそっくりだと言われます。学校行事に、両親揃って参加してくれる同級生をとても羨ましく思う時期がありました。「パパがいてくれたらなあ。」と思っても声にだすことはありませんでした。

私たち家族が父のことをお互いに気を遣わず話せるようになったのは最近のことです。私たちが知らない父のことを母が話してくれる機会も増えました。「パパだったら何て言うと思う？」「絶対に好きなようにしていいって言うよね。」っていう会話も増えました。

これから先も父がいないことで悲しく思うことがあると思います。いつも父は笑って「大丈夫。」と言ってくれると思います。いつも笑顔だった父。私もいつも笑顔と感謝の気持ちを忘れず夢に向かって頑張りたいと思います。

「パパ、安心してね。けんかもするけど、仲良く元気です。」

今までとこれから

中学校三年　奨　学　生

父が亡くなって、早七年となりました。父は漁で海に出て、そのまま帰らぬ人となりました。父を亡くしたのは小学校二年生のときでしたが、母から父が亡くなったことを聞いたときの記憶ははっきりと残っています。それを聞いたとき、私は泣きくずれました。顔を腕にうずめて声を上げて泣いたのです。小さかったけど父のことは覚えているし、一緒に公園で遊んだり、怒られたりした記憶もあります。しかし、父の遺骨はまだ見つかっていません。もしかしたらどこかで生きているのかもしれません。そんな希望を持ちながら今日も生きています。父が亡くなったからといって愛情を感じられないことなんてありません。むしろ母からの愛情で溢れそうなぐらいです。これからは家族みんなで父の分まで楽しく、全力で生きていたいです。

父がいなくなって

兵庫県　高等学校二年　吉　田　胡　桃

私は小学四年生から高校二年生の十六歳まで約六年間父親がいません。

どれだけの月日が経っても父がいなくなった時のことや、父との思い出は鮮明に記憶に残り続けています。まるで昨日のことのように父の温かく大きいカサついた手の感触や、笑った時にできる目尻のシワまで思いだすことができます。

父は世間一般的な理想の父親像とはかなりかけ離れていたように思います。幼かった私は父はとても恐ろしく怖い印象を抱いていました。今思いだしても怒られた時の記憶の方がたやすく思い返せます。ですが、亡くした今思い返してみると父は父なりに不器用ながら愛情をかけて私達を育ててくれていたと思います。

父がいなくなったあの日、私はご飯を食べることやお風呂に入ることすらできずに目の前の空間をただひたすらぼうっと見続け流れてくる涙さえ拭うこともできませんでした。

私はそれから一ヶ月くらい父がいつもの時間に帰ってこないことが不思議でたまりませんでした。幼かった私には父の死がなかなか受け入れられませんでした。「可哀想に…。」という周りの人の声すら自分には理解できませんでした。

父が見つかった日すら他人事のように思えてなりませんでした。あれから徐々に父の死を受けいれることとなり、あの時母が言った「あんな所でずっと寒かったやろう、苦しかったやろう。」という言葉を私は今でも覚えています。やせこけた母のあんな姿はもう二度と見たくないです。だからこそ私はしっかり卒業して母親を楽にさせてあげたいと思っています。女手一つで三人の娘をここまで立派に育てあげた母親に恥ずかしくない娘になりたいと思います。

いつもありがとう。

あの時……わたし

新潟県　卒業生保護者　渡　辺　則　子

お父さん！　お父さんが天国へ召されてから、早いものでもうすぐ、五十回忌を迎えますね。子育てと、生活に追われ本当に、「あ！」と言う間の五十年でした。無我夢中で生きて来た波乱万丈の私の人生。あのいまわしい海難事故さえなければ……。

突風にあおられ横波を受け船が遭難したのは、昭和四十八年一月二十八日。兄弟三人と中学校を卒業したばかりの兄の息子。親子四人一瞬のうちに死んでしまいました。あの日の朝、四時頃、船主である本家の姉サが、「船が出るゾー」と呼びに来てくれました。いつもなら夫が、玄関を出るとすぐ、カギをかけて又、寝《ね》る私でしたが、四ヶ月の身重《おも》の身体。「医者に行ってけば、いいよ。」と、声をかけて漁に出かけて行った夫。今迄、船を見送ることなどなかったのだがその時まるで後を追うように、その日に限って家から、百メートル位ほどの所の岸壁へ行き、夫の乗っている船が岩船港から出港するのを見えなくなるまで見送っていたのです。その何時間後にあの事後が起きるとも知らないで…。大寒の朝、四時頃ではあったが、雪がチラ、チラ舞い降る寒い朝でした。

それから七時間後、夫の乗っていた船が遭難したとの知らせ。小学一年生の長男と三才の娘と妊娠四ヶ月の身重の私は、とり残されてしまいました。その頃の事は、余り良く私は覚えていないのです。人生のどん底に突き落されて、恐ろしさと、世間の心ないうわさ、これからどうして生きて行けばいいのか、不安で何が何だかわからず、まるで先の見えない暗い洞くつを、手さぐりで歩いているような自分。子供を道連れに何度、死のうと思った事か分かりません。しかし、長男が、「泣ぐなってばァー。俺が付いてるから大丈夫だァー。」と、言うので、子供達のために自分は生きなければならないと、固く決心したのです。それから半年後、私は女の児を産みました。名前は、「陽子」。生まれても一度も父親に抱っこしてもらえない陽子。せめて太陽のように明るく成長して欲しい、日の目を見る娘になって欲しいと願いを込めて、「陽子」と、言う名前を付けました。陽子は、私の期待どおり明るい娘に成長し、結婚して今は、二人の子の親となり元気に暮しています。陽子の子供である二人の孫は、大学院、大学を卒業し、それぞれ自分の進みたい所に就職し頑張っています。私は今、本当に幸せ者です。それまで自分の子供達を一人前にする迄はと思い無我夢中で働いていた頃は、季節の移り変わりなど目に入らなかった。「ふ！」と気づいた時は、五十歳の路を歩んでいました。今は、桜の花も、山燃ゆる木々の若い芽も目に入ります。きれいなものは、きれいと、美しいものは、美しいと、見えるし、感じます。私は今年で七十八才になりました。今でも鮮魚商を営んでいます。趣味は歌です。演歌が大好きなのです。カラオケで歌っています。それに地元で言い伝わる昔語りの語り部《べ》としてあっち、こっちの舞台で語っています。子供達、孫達も「長生きしてくれ。」と言ってくれてますし、あと何年、生きるのか分かりませんが趣味を楽しみ最後はゆっくりとお父さんの待つあの世とやらへゆっくり行きたいと思います。

「求める」
・世は代わり昔現金今クレジット
・泣きやまずお乳むしゃぶるもみじの手

「紫陽花」
・雨にぬれ紫陽花色を変えてゆく
・長入梅で凛と紫陽花咲き誇り

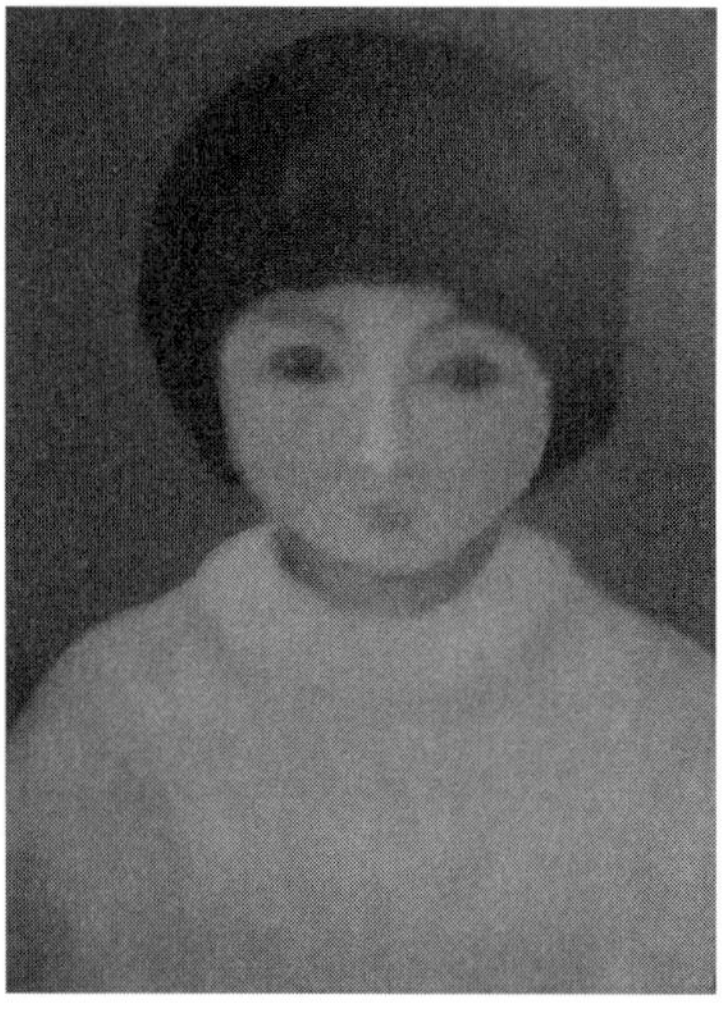

父の死で学んだこと

香川県　卒業生

父が亡くなってからもう十年以上もの時が経ちました。私は今年、社会人になりました。あと数日で小学四年生が終わるぐらいの時に父は亡くなりました。

私は、父を亡くしたことで身近な人が亡くなることをはじめて経験しました。悲しすぎたら涙も出ないことを知りました。「もっと一緒に遊びたかったな」とか「もっとありがとうや大好きを伝えておけばよかったな」とか、後悔がたくさんあります。

父の死を経験して、人の命がなくなるのはあっけないということを知りました。私はこの経験があったからこそ、周りの人との出会いを今まで以上に大切にしようと思うようになりました。

明日、もしかしたらいつもの日常が訪れないかもしれない。

明日、友達や家族にいつも通りに会えるとは限らない。

明日、私が生きているとも限らない。

そんな中で生きていくには、家族や友人、先輩や後輩など、周りの人にもっと素直な気持ちを伝えることが大切だと思いました。これからも、周りの人に自分の素直な気持ちを、感謝や大好きを伝えながら生きていこうと思います。

もう二度と、父が亡くなった時のような後悔を残さないために。

父さんに伝えたいこと

あなたと話をするのが大好きだった。
　どんなに願っても、
　　二度と言葉を交わすことはできない。
それでも、考えずにはいられない。
もし、もう一度会えるなら。

成長した姿を見せてあげたい。
　嬉しかったことを聞いてほしい。
悩みを、苦しみを打ち明けたい。
　伝えたいことが、たくさんある。

父へ。夫へ。
　私の思いをここに綴ります。

パパ大好き

小学校六年　I・M

パパ大好きだよ。マラソンがんばるから、応援してね。いつもらぶの散歩に行ってるよ。マラソンでオリンピックに出れるように、がんばるね。

お父さんへ

奨学生

お父さん、元気でやってますか。漁に出ていってくれて、ありがとう。お父さんのおかげで今、楽しく生活できています。なので、どれだけ苦しいことがあっても、お父さんのようになるんだ、と思います。お父さんのようになるというのは、強くたくましく、そうでいてお母さんやいろんな人にやさしくする。そうではないかとぼくは考えます。お父さん、またこんど、こっちにこれたら、いっぱい、魚、もってきてね。お父さんといっぱいしたいことがあるから、まってるよ。ぼくは、生まれ変わっても、お母さんとお父さんの子でいたいです。

記憶に残る私の中の偉大なお父さんへ

宮崎県　専門学校一年　木浦　ひかり

お父さん、お父さんがいなくなって十五年になります。早いですね。お父さんがいなくなったあの日、私はまだ五歳でした。そんな私は、今年で二十歳です。成人する姿、お父さんに見せてあげたいです。もし今生きていたら、どんな反応したのかな。

今の私は、看護師になるために看護学生として日々頑張っています。入学当初は、日々の勉強量や試験の量に驚き、自分は本当についていけるのか不安がたくさんありました。だけど、一年が経って、看護という職業の楽しさや、やりがいを覚え、自分が看護師になった時の姿を想像しながら勉強をし、充実した毎日を送っています。時に、自分には向いていないのではないかと思い悩む日もあるけれど、周りにいる友達や先生に助けられながら過ごしています。国家試験に合格して、立派な看護師になれるように、これからも日々、勉強に励んでいこうと思います。

ここ数年、お父さんの偉大さというものをしみじみと感じます。お父さんがいた時は、家族みんながまとまって一致団結していました。だけど、お父さんがいなくなって、まとまりがなくバラバラで私はとても寂しいです。「お父さんがいなくても家族みんなで手を取り合って、真っすぐに生きていくんだよ。」という言葉は守れてないです。あの時は、みんなで食卓を囲むことが当たり前だったけれど、今は実家に帰ってきても一人で食べることが多くなりました。お兄ちゃんたちは、みんな家庭を持っているから仕方ないけど、もっと一緒に過ごせる時間があったらなと思います。お父さんがいたらそんなことも当たり前にできていただろうなと考えるばかりです。そう考えると、やっぱり一家の大黒柱ってすごいですね。私もお父さんのような偉大でかっこいい人とこれから出会いたいです。

私は、こんな風に学校でも家でも多くのことにつまずきながらも、日々成長しています。これからも頑張るから、空の上から見守っていて下さい。私も、家族みんなのことも。

お父さんのことは、これから先もずっと忘れません。

父への手紙

岩手県　高等学校二年　佐　久　間　洸　士

私はもう高校二年生になりました。高校生にもなってパパと呼ぶのは少し恥ずかしい気もするけれど私が三歳の時にパパがいなくなってから十四年間あなたは私の「パパ」であり続けています。

十四年の間に色々なことがありました。まず友達がたくさんできました。ママによるとパパは多くの人から愛されていたようですね。私も友達を大切にして愛されるように見えない父の姿を真似て人と関わっています。毎年、お盆にはパパの友達が大勢きてくれています。その時にパパの存在を感じることができてとても幸せな気持ちになれるし、その人たちに「パパに似てきたな」と言われることは私にとって言葉に言い表せない程嬉しいことです。

震災があり家こそ失ったものの家族全員無事だったのもパパのおかげだと思っています。ありがとうございました。

このような経験を経て「海」という存在は私の人生においてとても大きなものになりました。二度も私の大切なものを奪った「海」を私はどうしても嫌いになれません。むしろ大好きです。つらく苦しい事があった時美しく輝く海を見ると励まされているような気がして元気がでてきます。これからもずっと「海」は私の支えとなってくれると思っています。

私は時々パパが死んだ意味を考えます。そんな事を考えているとすごく寂しい思いになる事もありますが、父親がいないということで知ることができる人の痛み、パパの分まで私たちを必死に育ててくれている母親のありがたみなど教えてもらった事もとても多いなと感じます。

私は現在、進路を決める時期にいます。なかなか決めかねて苦悩の日々です。将来は親孝行がたくさんできるように大学に行って誇れる職業につきたいと思います。日々の努力を続けていく姿を見守っていてくれたら嬉しいです。

お父さんへ

宮城県　小学校二年　大壁　英里奈

お元気ですか。母もお兄さん、お姉さんも元気です。わたしはもう、二年生から三年生になります。わたしはいつもパパにあいたい気もちがかわりません。かなしくならないように、母がパパのしゃしんとわたしのしゃしんをあわせたキーホルダーを作ってくれました。ランドセルにつけて、わたしとパパをいつもいっしょにしてくれました。パパはわたしが生まれるまえに天国にいってしまいました。パパはいつもなにをしていたかわたしはしりません。ちょくせつパパに聞けないので母がパパのことをおしえてくれました。しょうぼうくんれんをしていたことをおしえてくれました。そのときのしゃしんももってきてくれました。そのしゃしんにうつっているパパはえがおで、とてもかっこよかったです。

「つかれてるだろうに、なんでえがおでいられるんだろう?」

と、わたしは思いました。

父さんへ

岩手県　中学校二年　佐々木　朝飛

東日本大震災で父が亡くなったとき、ぼくはまだ五歳でした。当時はまだ幼くてまだ何が起こって町はどのようになったのかよく分かりませんでした。でも後に父が亡くなったのを分かったのです。

父との思い出はほぼ記憶にありませんが、唯一残っている一番の思い出は、父さんが写しているカメラに向かって面白いことをやったりしていたのは今でも忘れられません。あの震災で父を亡くしたことは今でも忘れられませんし三月十一日は毎年迎えるとあの頃の記憶がよみがえってきます。そして僕は母さんにも感謝をしたいです。一人で三人兄弟を育ててくれた母さんに今はできませんがこれから恩返ししたいです。そしてあの日以来あってない父さんに一言いいたいです。「約六年短い間だったけど僕を産み育ててくれてありがとう。そして僕を見守りつづけてください。」

父へ伝えたいこと

宮城県　大学一年　S・K

父が東日本大震災で亡くなってから九年がたった。当時小学四年生だった私は、大学二年生になる。この作文を機に今までの生活の様子やこれからの目標を父に報告したいと思う。中学校は、部活に専念し東北大会という大きな大会に参加することができた。高校では文武両道し部活では部長としてチームをまとめ、勉強面では今の大学に進学することができた。辛く大変な時期もあったが母や周りの大人に支えられながら乗り越え楽しく過ごすことができた。これからの目標は、大学を卒業し理学療法士への道へ進むことであり、そして支えてくれた人達や母を支えられるような人になることである。

お父さんへ

熊本県　小学校二年　O・K

お父さん、いまなにしてますか。

ぼくは、お父さんのことをぜんぜんしりません。でも、たくさんかわいがってもらっていたとみんなにききました。それをきいてとてもうれしかったです。これからもべんきょうをいっぱいがんばるからお父さんは天ごくでちゃんとみまもっててね。

パパへ

奨学生

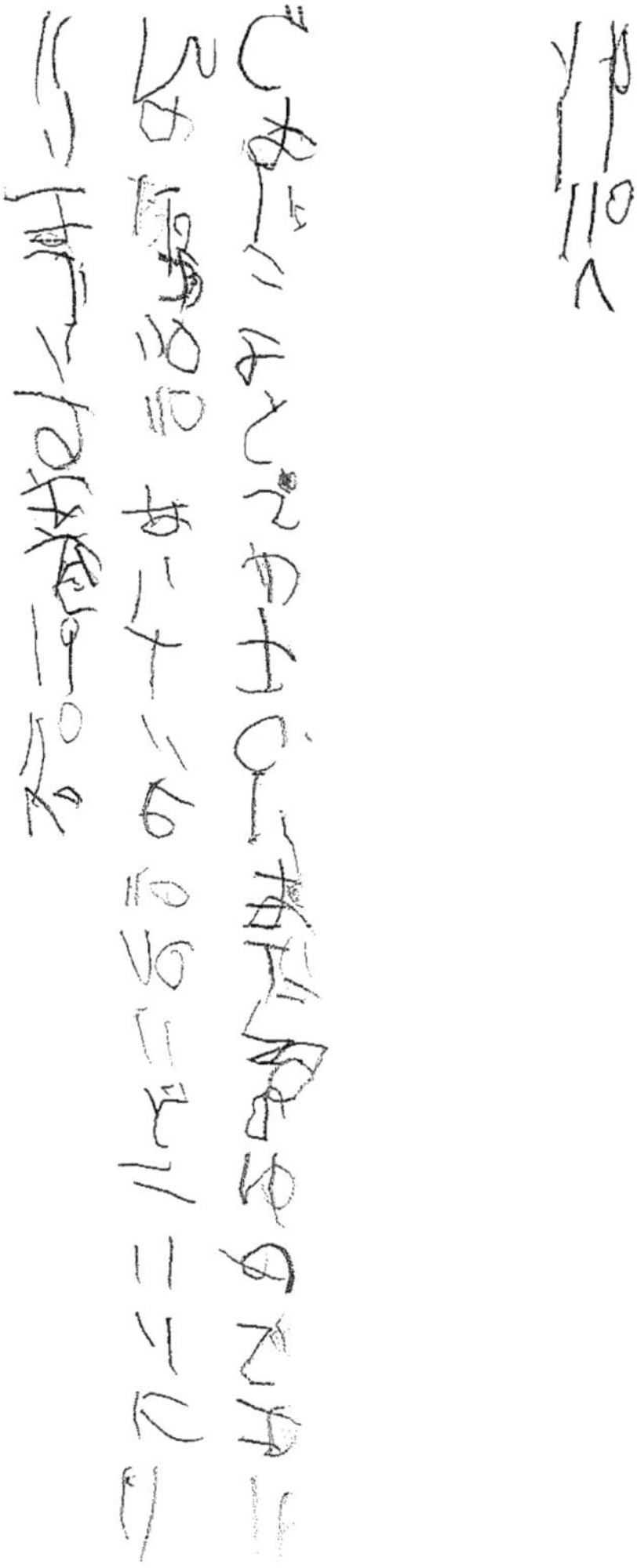
パパへ

パパへ

奨学生

パパへ。パパにあいたい。パパとあそんだりすごいぎゅうってしてほしい。ぼく、がんばるよ。てんごくでみまもっていてね。だいすきなパパへ。

お父さんに

宮城県　高等学校三年　S・K

私はお父さんに聞きたい事が二つあります。まず一つ目はね、私中学の時いじめにあって不登校だったんだ。その時お母さんはいっぱい怒ってくれた、私の事を思ってね。でもね、私のきおくではお父さんにはたぶん一回しか怒られてない、それも何か悪い事した訳じゃなく私が家の階段から落ちた時。その時だけ。「ねえお父さん、私が学校行きたくないって言ったらお父さんは怒った？」なんで聞きたかったのかは私の中ではお父さんはマイペースで自由な人って思ってるから。サラッと帰ってきてサラッといなくなるから。だからお父さんの意見も聞いてみたかった、でもね？　予想はつくよ。お父さんも優しいからね、たぶん余計な事は言わず「好きにしなさい」って。でも私はお父さんの声でお父さんの口から言ってほしかった。

長くなったけど二つ目。もう一つ聞きたい事は私の事どう思ってるのかなって。お母さんからは三者面談とかで言ってるからこう思ってるんだなって分かるけどお父さんはなんて言うかな？　いっぱい言ってくれるかな？　それとも一言で「いい子だよ」って言うのかな？　私的に気になったから聞いてみたよ。まだね話したい事とか聞きたい事はあるんだけどここに書いたらキリがないから夢でいっぱい話すね。だからお父さん私の夢にあそびに来てね。

パパへ

北海道　小学校三年　T・H

パパが死んでから七年たちます。

わたしが、そのあいだいろいろなことができるようになりました。

それは、えいごをならって、けんていもうかったし、プールも、もぐれるようになったし、べんきょうもがんばっているので、これからも、がんばるので、天国でおうえんしていてね。

父さんに伝えたいこと

北海道　中学校三年　T・K

お別れして七年ほどたちましたが、そちらではお元気に過ごしているでしょうか。ぼくは、一緒に練習していたサッカーを九年間やりとげました。今は高校受験のために勉強を頑張っています。あんなに小さくて可愛かった妹も立派に育っています。運動、特にダンスやプールなどを楽しそうに遊んでいたり、家に帰るとすぐに勉強していて、小学三年生ながらも立派です。

今まで、見守ってくれてありがとう。そしてこれらもずっと応援していてください。

お父さんへの手紙

宮城県　中学校二年　中里望夢

僕がまだ小さかった頃お父さんは、船の事故で亡くなったと聞きました。

小さかった僕は、お父さんと過ごした記憶がなくて、お父さんがどんな人だったんだろうと考える時があります。

お母さんやお父さんを知っている人からは、優しくて、物静かな人だと聞きました。

写真を見ると、優しそうだな、と僕も思います。

お父さんが生きていたら、今僕と毎日どんな会話をしていたんだろう。学校の話、部活の話してるのかな。

お父さんの身長こえたよ。

お父さんといろんな話してみたいな。
これからも毎日を大切に生きていきたいです。
いろんな事に感謝できる人になりたいです。
お父さん天国でゆっくりして下さい。
また手紙書きます。

お父さんへ

宮城県　中学校三年　中　里　育　夢

お父さん私もうすぐ高校生になるんだよ。お父さんは天国でなにを思っていますか？私は海を見ると、お父さんの事を思い出すよ。小さかった頃遊んでもらったこと。みんなで食べた夕ごはん。一緒に入ったお風呂、みんなで一緒にねた事、お父さんの優しい笑顔。今の私をみたらお父さんきっと大きくなっててびっくりするだろうな。お父さんと私ふたりで写った写真は私の宝物です。お父さんみたいに優しい人になりたいです。私はたくさんの人達に支えられて今を生きています。だから私もたくさんの人を笑顔にできるような人になりたいです。お父さんを誇りに思っています。天国で温かく見守ってて下さい。

パパへ

奨学生

今、何していますか？　笑っていますか？　幸せですか？

パパがいなくなってもう約五年だね。こんな風に手紙をパパに書くのは久しぶり。本当の気持ちを書くね。私は今幸せです。家族や友達と何気ない会話して爆笑したり楽しく過ごしています。でも家族でお出かけをしていても外食していてもここにパパがいればって考えてしまいます。兄弟の中では私が一番パパと長い時間一緒にいたね。だからこそいなくなったと今でも思いたくないです。「大丈夫。天国から見てくれている。」といつも自分に言いきかせています。けど友達の家にいったりしてお父さんと笑ってる友達を見ると心が痛くなります。私もずっとパパと笑っていたかったし色んなとこ行きたかった。もっと思い出作りたかったよ。これからは前向きにパパの分まで精一杯生きます。弱音吐きたいときはまた話聞いてね。本当に本当にパパ大好き。

空から見てくれていますか？

福島県

あなたが亡くなった時、息子はまだお腹の中でした。そんな息子も来年大学を卒業します。当時は何も考えられず途方にくれることばかりでした。でも両親や周りの人に支えられ今日までこれました。これからも空の上から私達を見ていて下さい。

お父さんへ

卒業生保護者

当時五歳だった長男は、お陰様で大学を卒業し社会人になりました。お父さんの分まで愛情を注いだ気でいましたが、本当に子育ては難しいと今でも感じています。私が他人の目を気にして、必要以上に良い子に育てようとしていたことも反省しています。私には、お父さんのようなおおらかさがありませんでしたし、見栄っ張りで、自慢したがりです。あぁ、お父さんがいてくれたら、どんなに子供に良い影響を与えることができただろうと、失敗する度に思います。

お父さん、お父さんに生きていて欲しかった。お父さんも、生きたかった。子供の成長を楽しみに生活していきたかった。私ではなく、お父さんなら、上手に子育てできたのにね。いくら、がんばっているように見せても、子供は見抜くよね。私の人間性とか、弱さとか、欠点ばかりをね。

お父さん、もうちょっとがんばるね。

お父さんへの手紙

福島県　中学校一年　松　下　　煌

僕は、お父さんの顔を見た事がありません。お父さんの事は写真でしか見た事が無いからどんな人か分かりません。でも、お母さんから話で聞いています。僕はお父さんに会った事がないから思い出がありません。

お父さんの話をしても何を言っているのかがわかりません。お父さんとたくさん遊んでたくさん話をしたかったです。

お父さんのできなかったことをお父さんのかわりにやりたいと思います。

お父さん天国で見守ってね。

あなたへ

高知県　奨学生保護者

あなたの姿が太平洋の海に消えて早七年。魂だけは、私達の所にすぐに戻って来てくれましたね。

事故後、たくさんの方々からあなたの人柄や仕事ぶりを誉めて頂き、あなたの存在の大きさを知りました。とても誇りに思え惚れ直しましたよ。

あなたとの思い出を一つ一つ思い出しながら涙し、あなたにもっと優しくしてあげたらよかったと悔やんでは涙し、最後はいつも感謝の気持ちになります。

あなたの大好きな娘は、おかしいくらい外見も中身もパパそっくりなので、側に来るとエッと思う時があります（笑）。パパとの思い出はあんまり無いと本人は言いますが、私はしっかり二人のやりとりを覚えていますよ。たとえば、川の堤防を三人で散歩中、ボールを持っていた娘に私が、「突きながら歩いたらだめだよ」と言った瞬間、ボールが川へ。私が大きな声で「だから言ったでしょう」と叱るが早いか、服のまま胸まで川に入りボールを取りに行ったあなたにもビックリ。それを見た娘も、私も入りたいと言って服のまま川へ入ったのにもビックリ。二人が無邪気に楽しそうに水遊びする光景を、通りがかりの人達が見て笑ってました。私はあなたの心の広さに感動し、叱る事しかできない自分を反省しました。

いつも、そうやって娘を守り、全力で助けてくれる最高の父親でしたね。娘は今でも、「困った時のパパ頼み」をしては、いつも必ず助けてくれるパパに感謝してますよ。

私だけでは娘をここまで育てる事は出来なかった。あなたが、しっかり守ってくれたから何事も無く五月に二十歳を迎えました。振袖姿を見て一緒に泣きましょう。その次に泣くのは、花嫁姿かな。まだまだ、これからも、よろしくお願いしますね。愛してます。妻より。

手紙

兵庫県　大学一年　吉　田　瑠　香

まず最初に、お父さんへ。

今何してますか？　おじいちゃんと仲良く過ごしているんですか？　お父さんがいなくなってから大変なことがたくさん増えました。お金のこと、お母さんの仕事、引っ越し、お墓参り、しなければならないことが多くなりました。お父さんが死んだとき、突然のことすぎて、実感がわかず、涙が出ませんでした。未だにお父さんが「死んだ」という実感はなく、「消えた」という印象が強いです。お父さんが死んだせいで、悲しかったり、辛かったり、いろんな思いがあって、悔しいです。もし今お父さんに会えたら、「何勝手に死んでんねん！」って怒って、ぎゅっと抱きしめてもらいたいです。

ゆっくりした日々を天国で過ごして、大好きな魚を食べて、得意なオムライスを作っていてほしいです。私が死んだら仲良くしましょう。まぁ、死にませんが。

次に、お母さんへ。

私が世界で一番好きで、世界で一番憧れる人です。お父さんが死んだとき、一番泣いてたのを覚えてます。子どもが三人もいて、しかも全員小さくて、今自分が十九歳になってその大変さがすごくわかります。しかも私は手伝いもあんまりせず、バイトと遊びで毎日遅く帰ってしまって、お母さんはしんどい思いをしているだろうなぁと思っています。これからはもっと手伝って、お母さんを楽させたいです。いつもありがとう、大好きです。世界一のお母さんの元に生まれて幸せです。

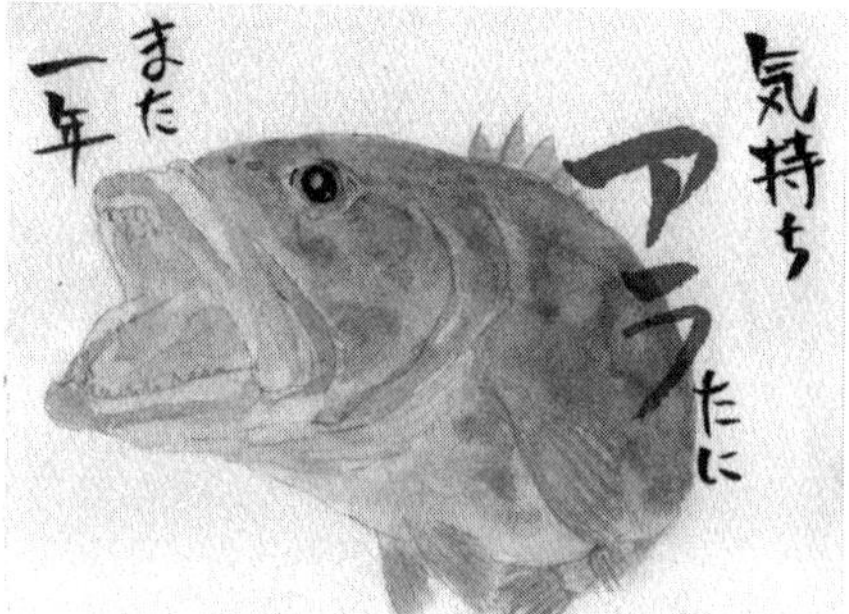
気持ち
アラたに
また
一年

母の優しさ

父亡き後、私たちをたった一人で育てている母。
それはどれほど孤独で困難な道のりだろう。
けれど母は、嘆くような素振りなど
見せずに頑張ってくれている。

わが子の夢を応援したい、
不足や寂しさを感じさせないようにと――。

その支えがなければ、
ここまでくることはできなかった。

普段口にしていないからこそ、
偉大な母へ、感謝の言葉を。

お母さんへの感謝

奨　学　生

私にとってお母さんは、普段の生活を多くの面で支えてくれている存在であり、とても感謝しています。しかし、様々な面で頼りすぎており、かなりの負担をかけてしまっているのも事実です。父が亡くなった後は母が一人で家族四人を支えてくれています。働ける人が母しかいないため、仕事を続けつつも料理や洗濯といった家事や送迎まで担ってくれています。そのうえ、大事なことはもちろんですが、ささいなことさえも相談し、頼ってしまい、余計な苦労をかけてしまいました。本当に申し訳ありませんでした。これからは私も一人暮らしとなるため、色々なことを一人でやることになります。家事は掃除以外はほとんどやったことがないですし、その他にも今まで気にしていなかった多くのことに気をつかうようです。ただ、一人で出来る事が増えれば、それだけお母さんの負担を軽くできるので頑張ります。見守っていて下さい。

もう少しだけ、不安だけど

大学四年　奨　学　生

私ももう大学四年生になった。もし父が亡くなっていなかったらどうなっていたのだろうかと不安になることがある。引越しをせずにそのまま家族全員で暮らしていたのだろうか。自分はどんな人間に育っているだろうか。そんなことを考えてしまう。今の自分が存在していること自体があやふやで、これから先のことにも漠然とした恐れのようなものを感じてしまう。

父が亡くなってから母は朝食を作り、洗濯をし、夜遅くまで仕事をし、夕食を作る。この繰り返しだったと思う。小さい頃の私はそのことの大変さを知らず、母に文句を言っていた。今一人暮らしをさせていただいている身としては恥ずかしい限りです。世の中あみだくじのような分岐がたくさんある中で、今の私になることができたのは母のおかげです。お母さんありがとう。でもあと三年だけ待ってください。そしたら楽をさせられるから。

母へ

青森県　短期大学一年　O・R

父と祖父が行方不明になってから十年経ちました。十年間私は何不自由無く暮らしてきました。それは、母のおかげです。本当は大変な思いをたくさんしているのに私たち子どもにはそのようなところを見せないからです。母のおかげで、私は今年大学に進学することができました。私たちの人生を一人で支え続け、幸せに生きさせてくれた母を今度は私たちが幸せにする番です。

母へ
私達をここまで育ててくれてありがとうございます。あと少しは迷惑をかけると思いますが、絶対に父の分も幸せにします。母の子どもで、この家族に生まれて良かったです。

お母さんへ

卒業生

父は私が小学六年生のときに海難事故に遭い、六年以上経った今も遺体は見つかっていません。そこから私が高校を卒業するまで、女手一つで育ててくれた母には、感謝してもしきれません。普段は恥ずかしくてなかなか伝えることができなかったけれど、本当に感謝しています。いつもありがとう。楽しい学生生活が過ごせたのも、大学に進学することができたのも、全て母のおかげです。

家族のために頑張る母の姿は誰よりもかっこよく、私も母のような強い人間になって、心配をかけることがないように成長していき、ゆくゆくは恩返ししていきたいです。

お母さんの子供で本当によかったです。これからも迷惑かけるかもしれないけどよろしくお願いします。少しでも力になれるように頑張ります。

感謝

奨　学　生

母はとても強い人だと思っています。父が亡くなっても、私をここまで女手一つで育ててくれました。本当に感謝しています。進学先を決める際も、いつも必ず「好きなところ、行きたいところへ行きなさい」と言ってくれることが私にとってとてもうれしいことだし、励みになります。今は、離れて暮らしているけれど、お母さんは強い人なので心配していません。信頼しているし、一人でも活き活きと過ごしていると思います。そのようなところを想像して、私も離れた場所で頑張れています。つい長くなるお母さんとの電話も好きです。私はもうすぐ社会人になります。一生懸命働いて、お母さんに少しでも恩返しがしたいです。これからも、元気で優しいお母さんでいてください。よろしくお願いします。

母の優しさ

宮崎県　卒業生　佐藤　圭一郎

私は三才の時に父を亡くしました。父との記憶はほとんどありません。私の家族は母と姉と妹の四人家族です。男は自分一人しかいません。別に不便はありません。母が父のかわりもしてくれます。本当に母は強いなと思います。私は高校からパティシエの夢を叶えるために専門的に学べる私立高校に通いたいと思ってました。いつも母は自分のやりたいようにしなさいと言ってくれます。母の言葉に甘えて私は専門学校まで通わせてくれました。入学費や授業料、一人暮らしのお金や仕送りなど色んな面で助けてもらいました。母には感謝しかないです。

私は母や漁協の人たちの支援で良い環境に恵まれて生活できてきました。

そのおかげもあり春からホテルのパティシエとして働くことができます。

これからは私が母を幸せにしていきたいです。そして立派なパティシエになって色んな人達を幸せにしたいです。

お母さんへ

奨学生

いつもぼくのことを養ってくれてありがとう。大きくなったら次は、ぼくが養ってあげるね。お父さんが亡くなって悲しいけど、家族で力を合わせてがんばろう。できるだけきょうだいげんかをしないようにするね。お母さんも事ことかにあわないでね。お母さんには長いきしてほしいからね。ぼくにできることがあったらえんりょなくいってね。

ママへ

奨学生

私が二年生の時パパがなくなってからママ一人で育ててくれてとても感謝しています。ママだって大好きなパパがいなくなって悲しいはずなのに朝から昼までずっと働いて、昼からは家のことや家事をしてママがたおれないか心ぱいです。今は、コロナで学校行かないから、学校行ってた時よりも大変だと思います。だからできるだけ力になるのでがんばってください。

習い事の時、いつもおくりむかえしてくれてありがとう。いつもごはんを作ってくれてありがとう。いつも服やズボンを洗ったり、干したり、たたんだりしてくれてありがとう。いつも私たちのために動いてくれてありがとう。ママには感謝してもしきれないほど感謝しています。いつも私たちのために動いてくれて本当にありがとう。こんな私だけどこれからもよろしくおねがいします。

母へ

熊本県　卒業生　村田碧人

四年制大学を無事卒業することができました。これを機に自分のことを振り返ってみると、癖が強く、手間のかかる息子だったと思います。それに加え、新たに何かをスタートする時やチャレンジする時にＮＯを出さない母の教育方針（のような気がする）だった為、母の計画より一層教育費がかかっていたと思います。そんな環境で育ててくれたお陰で、不自由を感じることなく伸び伸びと成長できたと思います。私は、母の望むような息子になれているのでしょうか。答えは母の胸の内に留めていて下さい。

それから、経験を積むにつれ息子二人を私大に送り出した母の偉業を肌で実感しています。そのため、どうしても自分がもし、母と逆である父子家庭となった場合、同じような事が出来るかと考えると、正直今の自分ではまだまだ未熟者で、出来るようには思えません。なので、とても尊敬している母に追いつき追い越せと、これからも頑張ります。社会人となって母から巣立っていく私から目を離せなくなるくらい頑張らないといけません。

また、後二年間弟の教育費を頑張ったると弟も大学を卒業です。僕たちが卒業出来たら、第二の人生をその後に楽しんで欲しいです。過去にやってみたかったと言っていた、子供服を売るのも良いと思います。久々に母が、子育てで我慢していたことをやってみて欲しいです。その頃には、多少金銭面でバックアップできるようになっていたいです。しかし、孫の顔は早いうちから期待しないでほしいです。偉大な母を持つと、自ずと同じような環境下でも、同じレベルの子育てが出来るか等、女性の人に求めるレベルが自然と底上げされているからです。

最後になりますが、母の元に生まれて良かったです。何故なら、二歳で父を亡くしたのに砕けて今でも話すことができ、寂しい思いもほとんどありませんでした。何より楽しませてもらった記憶がほとんどでした。自分が家庭を持った際には、母を模範に同じような温かい家庭を築けたらと思います。
二十二年間大変お世話になりました。これからは一人の大人として、よろしくお願いします。これからも長生きして下さい。

敬具

お父さん、お母さん、がんばるよ

和歌山県　小学校五年　西　　華　那

お父さんが亡くなってから、もう八年もたちました。

私は、ほとんど覚えていません。けれども家族みんなでよくお出かけしたのは覚えています。そして、お母さんが作ったおいしいお弁当を持って行きました。私は、お弁当をお父さんのひざに座って食べました。今でも、ひざに座って食べたいです。

お父さん、天国で私達の事を見守ってくれているの。これからも、みんながんばるから、天国で応援していてね。

そして、お母さんは、これからもおいしいお弁当を作って、私達の事を応援してね。

お父さん、お母さん、よろしくお願いします。

母への感謝

奨学生

私が三歳の時、父が事故で亡くなった。物心つく前の私は、父親との記憶、思い出がない。そんな私を育ててくれたのが母です。

私の母は父が亡くなり、私には想像がつかないほどの悲しみを抱えていたと思います。それなのに私の前ではいつも優しい母親で、悲しんでいる姿は一度も見たことがありません。私の前では母はいつも通り、もう父の事故から二十年が経つにもかかわらず母は優しい母のままです。一人の時にもしかしたら母は泣いていたのかもしれません。そんな母はまったく想像できず、私の中では強く、優しい母親という認識しかないです。

父親とは話した記憶もなく、写真やビデオの中でしか見たことがありません。そのためどのような人だったのか、性格などは父親の知人から話を聞くことでしか知ることができませんでした。自分の父親なのに他の人の方が父親の事を良く知っていて、私は全然父親のことを知らないととても歯がゆいというか悔しい気持ちでした。そのため幼い頃の私は母親に父親はどうしたのか、いつ帰って来るのかなどを興味本位で聞いていたと思います。母親が私の疑問をどのような気持ちで受け取っていたかは分かりません。そのため母親を悲しませないように父親の話はなるべくしないようにしています。

私は現在大学四回生で、今年の四月から社会人として仕事を始めます。ここまで私がしたいことを全力で支え、おいしいご飯を毎日作ってくれた母に恩返しをしていきたいと考えています。そのためにはまず社会の環境に慣れ、多くの人と関わり結果を出していかなければなりません。そこで結果を出し、母のしたいことの手助けが少しでもできればと思います。

最後にお母さん、今まで何不自由なく生活できたこと、父親の役目も果たしてくれたことには感謝しています。女手一つでここまで大きく育ててくれてありがとう。これからは母と父に恥じない立派な社会人として自分の道を歩んでいこうと思います。

母へ

福岡県　中学校二年　道脇　滉

お父さんがいなくて大変なのにいつも頑張ってくれてありがとう。また手伝いが必要なときたまに手伝ってくれてありがとう。休日は家にいない日が多いけど心配しなくていいです。これからは僕も皿洗いなど手伝えることがあったらできるだけやります。いつも、感謝してもしきれないくらい感謝しています。本当にありがとう。

母へ

福岡県　高等学校二年　道　脇　　鈴

父が亡くなって早十年が経ちましたね。この手紙を書いている自分が一番びっくりしています。あっという間だったような、長かったような、不思議な気持ちです。

正直、十年前は今とは違う未来を想像していました。再婚して新しい生活をするのかなとか、引っ越しを何度もして、場所を点々としているんじゃないかなと思っていました。少し未来が怖いとも感じていました。でもそうじゃなかった。母はいつも私のことを考えて最善をつくしてくれました。おかげで想像していた未来への怖さもなくなって、それ以上に楽しい環境にしてくれました。本当にありがとう。

母は時々「何もできなくてごめんね。」と言っていますが、それは違います。あなたが今ここに生きていてくれるだけで、私の心の支えになっているし、力になって頑張ることができているんだよ。私こそ何もしてあげてなくて迷惑ばっかりかけています。ごめんね。

私も今年で高校三年になります。だから、家族みんなの事を考えて行動できる人になります。そして、母の代りとして任せてもらえるような人になります。十年間支えてくれてありがとう。

イラスト編

お父さん。
　天国で元気にくらしていますか？
お父さんの顔、お父さんが乗っていた船、
　お父さんと過ごした毎日。
全部大事におぼえているよ。
今日は特別に絵をプレゼントします。
上手いでしょ？
　ほめてくれたら嬉しいな。

お父さんの船

岩手県　中学校二年　伊　藤　亜　衣

福島県　年中（五歳児）　草野凪桜

福島県　小学校六年　草野晃穂

福島県　中学校二年　K・Y

明日へ

徳島県 卒業生 島尾敏之

兵庫県　小学校二年　津國　航之介

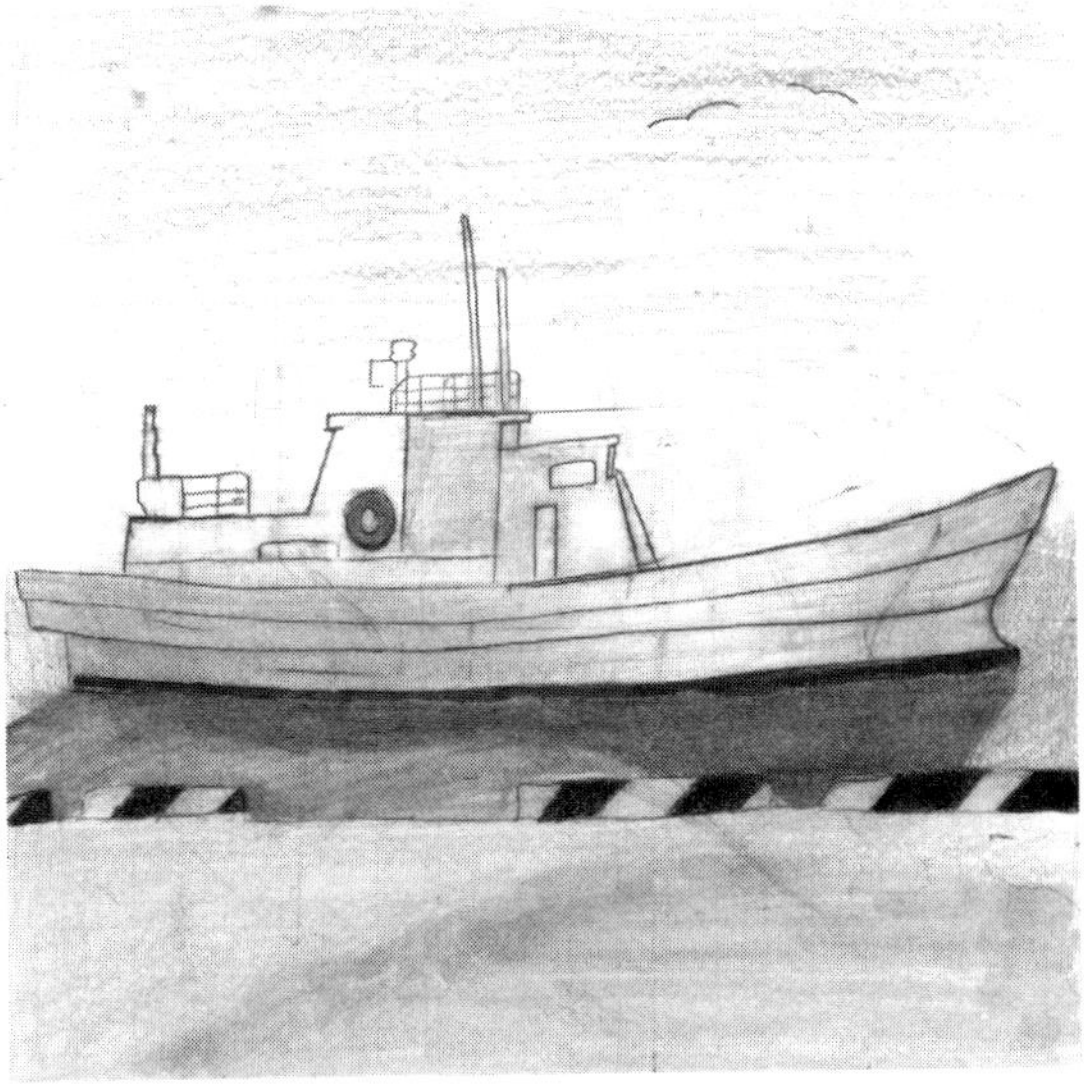

奨学生

福岡県　中学校三年　道脇　琴

~父の亡きあと~　温かな毎日

小学校六年　奨　学　生

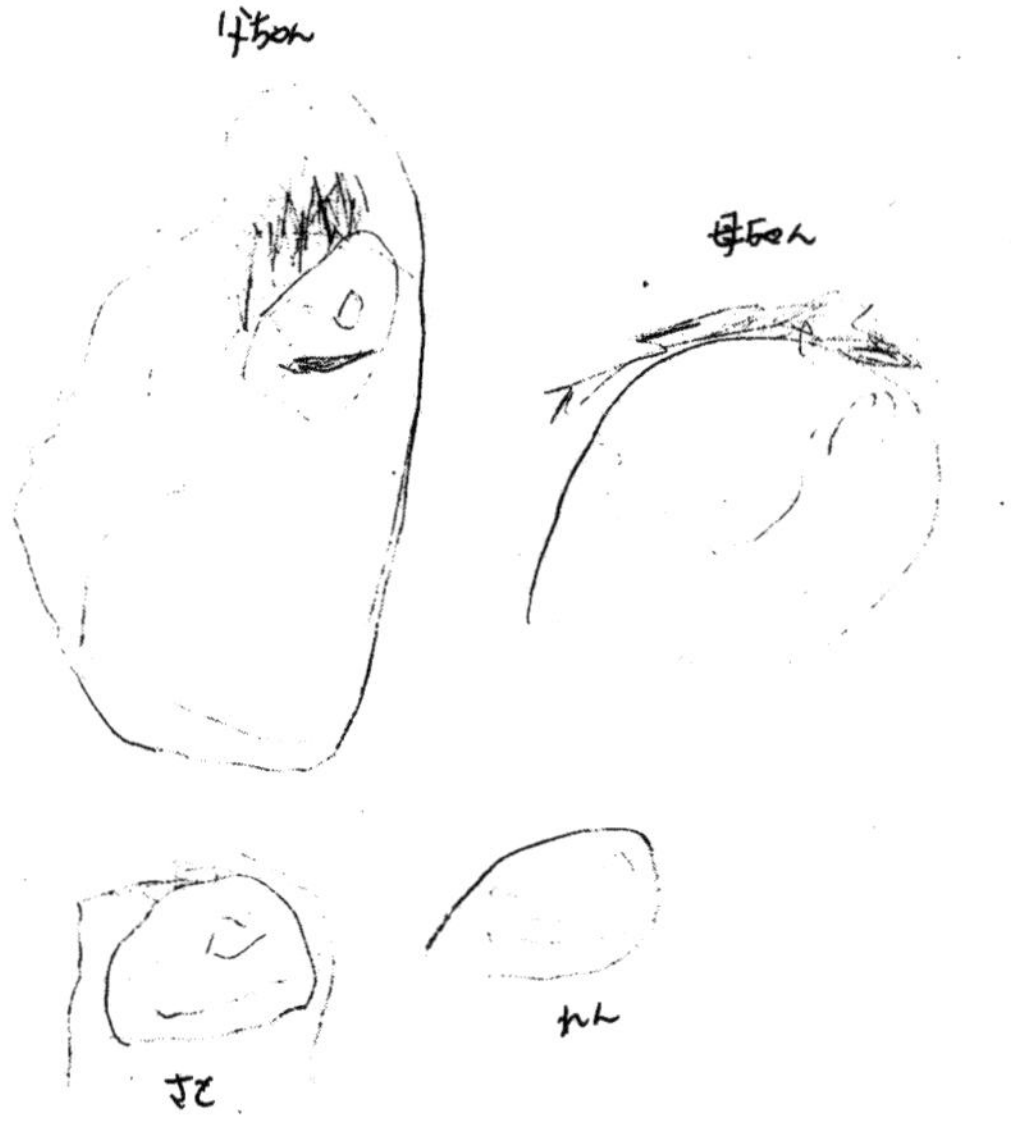

高知県　年長　Y・R

青春

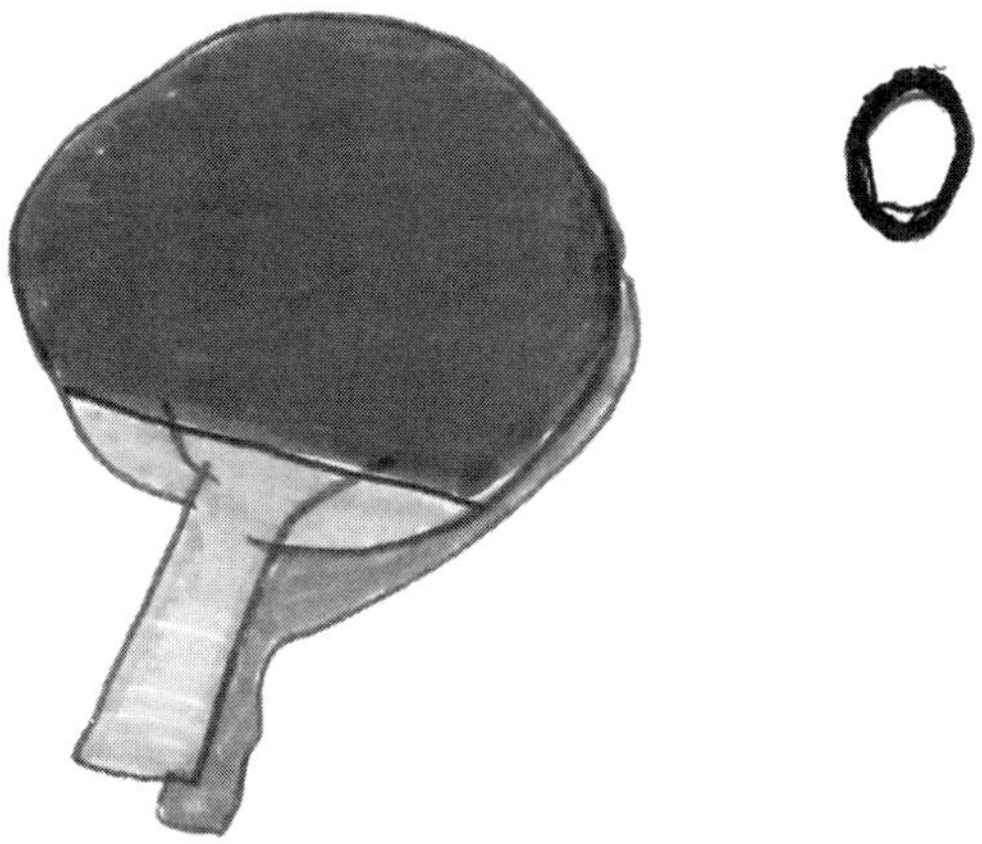

岩手県　奨　学　生

平和

岩手県　奨　学　生

海

岩手県　奨学生

すきな鳥

岩手県

※奨学生の学年は、作品制作当時のものです。

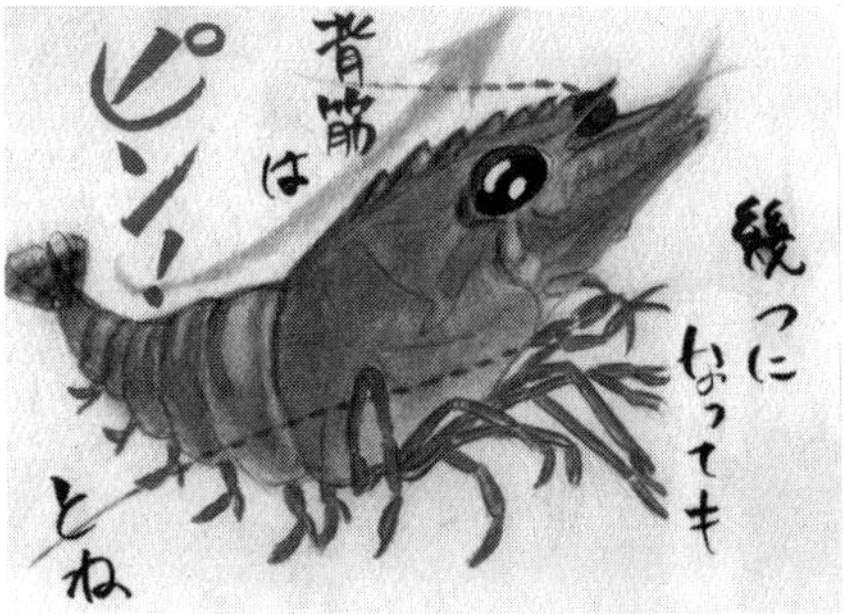
幾つに
なっても
背筋は
ピン！
とね

《資　料》

【育英会の歩み】

年　月	主　な　動　き
昭和四十五年　八月	財団法人設立準備会（九月・設立発起人会）設置
十月	文部・農林両大臣、財団法人漁船海難遺児育英会設立を許可
	中学生及び小学生を対象に学資給与を開始。中学生月額千円、小学生月額五百円
十二月	奨学生選考委員会開催（以降、四半期ごとに開催、現在に至る）
四十六年　二月	全国育英事業事務担当者会議開催（以降、平成二十年度まで定期的に開催）
四月	大蔵大臣から所得税法（特定寄附金）及び法人税法（指定寄附金）の寄附金として指定を受ける（以降、昭和四十八年度まで指定期間延長）
	学資給与の対象に高校生を加える。月額二千円
	小学校入学記念品贈呈、一人千円を開始
四十七年　四月	日本自転車振興会より補助金交付される（以降、昭和五十一年度まで継続）
四十九年　四月	寄附行為第四条に「奨学金の貸与」を加え、高校生を学資給与の対象から奨

		学金貸与に移す。月額三千円（ただし、昭和四十九年度高校入学者から適用）
	七月	「漁船海難遺児奨学生家庭調査報告書」調査公表（漁船海難遺児を励ます全国協議会と共同事業）
	十一月	所得税法施行令及び法人税法施行令に掲げる試験研究法人に該当する証明を受ける（以降、昭和六十三年十一月まで二年ごとに認定延長）
五十　年	十月	育英会設立五周年記念、漁船海難遺児とお母さんの文集「だっこしてもらいたかった」発刊
五十一年	四月	学資給与金、中学生の月額千円を千五百円に、小学生の月額五百円を千円に増額
		小学校入学記念品贈呈額千円を二千円に増額
	七月	「つつましい高校生活」調査公表
	八月	機関紙「育英会だより」発刊（以降、四半期ごとに発刊、現在に至る）
五十二年	七月	「漁船海難遺族の母・子とそのくらし」調査公表
五十三年	二月	漁船海難遺児・母の願い「漁船海難・労災事故をなくそう」公表
	四月	小学校入学記念品贈呈額二千円を五千円に増額
		奨学貸与金、月額三千円を五千円に、及び理事長が認める者には月額七千円に増額
五十四年	四月	学資給与金、中学生の月額千五百円を二千五百円に、小学生の月額千円を二千円に増額

		小学校入学記念品贈呈額五千円を一万五千円に増額
		（財）日本船舶振興会より、学資給与金に対して補助金交付される（以降、平成十七年度まで継続）
	十月	国際児童年記念「漁船海難遺族のくらしと教育環境」調査公表
五十五年	四月	学資給与の対象に幼児（幼稚園・保育所の四・五歳児）を加える。月額三千円
		学資給与金、中学生の月額二千五百円を三千五百円に、小学生の月額二千円を三千円に増額
		小学校入学記念品贈呈額一万五千円を三万円に増額
		奨学貸与金、月額五千円または七千円を一万円に増額（ただし、昭和五十五年度高校入学者から適用）
	五月	基金造成国庫補助金三億円交付される
	八月	設立十周年記念「全国交流の夕べ」を国立オリンピック記念青少年総合センターにおいて開催
		皇太子殿下、同妃殿下の行啓を仰ぎ、育英会設立十周年記念「漁船海難遺児を励ます全国のつどい」を国立オリンピック記念青少年総合センターにおいて開催
	九月	「漁船海難遺族生活実態調査委員会」発足、初年度調査開始（以降、平成十六年度まで継続、定期的に調査公表）
	十月	育英会設立十周年記念、漁船海難遺児と母の文集「母さんの光る汗」発刊

五十六年	四月	映画「あしたの海」「全国のつどい」試写会
		高等学校の範囲に、修業年数二年以上の専修学校を加え、高等専門学校在学者の奨学金貸与期間を五年まで延長
		奨学貸与金に入学一時金一人十万円を加える
	五月	「漁船海難遺児を励ます運動十年の歩み」発刊
五十七年	二月	「卒業奨学生の生活実態調査報告」調査公表
	四月	学資給与金、中学生の月額三千五百円を四千五百円に、小学生・幼児の月額三千円を四千円に増額
		「褒章条例に関する内規」第二条による公益団体に認定される（以降、平成二十六年四月まで三年ごとに認定延長、現在に至る）
五十八年	四月	学資給与金、中学生の月額四千五百円を五千五百円に増額
	十一月	「励ましおじさん・おばさん制度」発足
五十九年	四月	学資給与金、中学生の月額五千五百円を六千円に、小学生・幼児の月額四千円を四千五百円に増額
	十一月	「漁船海難遺族の母・子のくらし」調査公表
	十二月	朝日新聞東京厚生文化事業団より中学校入学祝金として補助金交付される（以降、平成三年度まで継続。ただし、昭和六十二年度は中断）
六十　年	三月	母親座談会開催（以降、平成元年度まで全六回開催）
	四月	学資給与の対象に、幼児の三歳児を加え、及び盲学校・聾学校・養護学校の高等部在学者を奨学金貸与の対象から移す

		学資給与金、小学生・幼児の月額四千五百円を五千円に増額
		中学校入学記念品贈呈一人一万円を開始
		奨学貸与金、月額一万円を一万五千円に増額（ただし、昭和六十年度高校等入学者から適用）
	十月	育英会設立十五周年記念、漁船海難遺児と母の文集「父さん、大きくなったよ」発刊
		育英会設立十五周年記念「漁船海難遺族のくらしとその環境」（漁船海難遺族生活実態調査五年間のまとめ）公表
六十一年	四月	学資給与金、中学生の月額六千円を七千円に増額
六十二年	四月	学資給与金、小学生・幼児の月額五千円を六千円に増額
六十三年	四月	学資給与金、中学生の月額七千円を八千円に増額
	十一月	所得税法施行令及び法人税法施行令に掲げる「試験研究法人」が「特定公益増進法人」に改称される（以降、平成二十四年十一月まで二年ごとに認定延長、現在に至る）
平成 元年	四月	奨学貸与金、月額一万五千円を二万円に増額（ただし、平成元年度高校等入学者から適用）
	十二月	「漁船海難遺族の母・子のくらし」調査公表
二年	四月	奨学貸与金の対象に大学生等を加える。月額四万円、及び入学一時金四十万円以内
		（財）日本船舶振興会より、従来の学資給与金（幼児から中学生まで）に加

		えて大学等奨学貸与金に対して補助金交付される（以降、平成十二年度まで継続）
	八月	設立二十周年記念「全国交流の夕べ」を国立オリンピック記念青少年総合センターにおいて開催
		皇太子殿下の行啓を仰ぎ、育英会設立二十周年記念「漁船海難遺児を励ます全国のつどい」を国立オリンピック記念青少年総合センターにおいて開催
		育英会設立二十周年記念、漁船海難遺児と母の文集「お母ちゃん、お父ちゃん買って」発刊
三年	三月	「サンケイ福祉の船」（産経新聞東京本社主催）に本会奨学生参加（小学校五、六年の希望者対象。以降、平成十八年度まで継続）
	四月	海難遺児漁業従事者等座談会開催（以降、平成四年度まで全三回開催）
		学資給与金、中学生の月額八千円を一万円に、小学生・幼児の月額六千円を八千円に増額
	七月	中学校入学記念品贈呈額一万円を二万円に増額
		高校等、大学等進学予定者の貸与奨学生予約採用制度を開始
	十月	「漁船海難遺児を励ます写真コンクール」を実施（以降、「漁船海難遺児を励ます『海と子供』の写真コンテスト」に改称し、平成十三年度まで全九回実施）
五年	三月	育英事業事務担当者ブロック会議開催（以降、平成八年度まで全五回開催）
六年	四月	学資給与金の対象に高校生等を加える。月額一万二千円

学資給与金、中学生の月額一万円を一万二千円に、小学生・幼児の月額八千円を一万円に増額

小学校入学記念品贈呈額三万円を五万円に、中学校入学記念品贈呈額二万円を三万円に増額

中学校卒業記念品贈呈、一人五万円を開始

奨学貸与金、大学生等の月額四万円を五万円に、及び入学一時金四十万円以内を五十万円以内に増額（ただし、平成六年度大学等入学者から適用）、高校生等の月額二万円を一万五千円に改定

（財）日本船舶振興会より、従来の学資給与金（幼児から中学生まで）及び大学等奨学貸与金に加えて、高校等学資給与金に対して補助金交付される（以降、平成十七年度まで継続）

六月　「漁船海難遺族の暮しとその環境」（漁船海難遺族生活実態調査五年間のまとめ）公表

七年十一月　育英会設立二十五周年記念、漁船海難遺児と母の文集「お父さん、いっしょに帰ろう」発刊

八年　三月　「漁船海難遺族の母と子のくらし」調査公表

十二年　六月　学資給与金、高校生等の月額一万二千円を一万七千円に、中学生の月額一万二千円を一万五千円に、小学生の月額一万円を一万二千円に、幼児の月額一万円を一万一千円に増額し、四月一日に遡及して適用

十三年　八月　育英会設立三十周年記念、漁船海難遺児と母の文集「いつか逢おうよ、父

		ちゃん」発刊
十四年	三月	ホームページ開設
	十一月	メールアドレス設定
十七年	三月	「漁船海難遺族生活実態調査報告」（五年間のまとめ）公表
十八年	一月	育英会設立三十五周年記念、漁船海難遺児と母の文集「メール　空まで届いて欲しい」発刊
十九年	三月	育英会を寄附先に指定した募金型自動販売機「ゆび募金」（ＮＰＯ法人ジャパン・カインドネス協会運営）第一号が設置される
二十一年	四月	学資給与金、高校生等の月額一万七千円を三万円に、中学生の月額一万五千円を二万四千円に、小学生の月額一万二千円を一万三千円に、幼児の月額一万一千円を一万二千円に増額
		高校等入学記念品贈呈、一人五万円を開始
		小学校入学記念品贈呈額五万円を七万円に、中学校入学記念品贈呈額三万円を五万円に増額
		中学校卒業記念品贈呈額五万円を七万円に増額
		奨学金貸与の高校等を廃止
二十二年	七月	奨学生・保護者交流活動「信州八ヶ岳ふれあい旅行」を実施（七月三十日〜八月一日）
	八月	漁船海難遺児を励ます全国協議会と合同で漁船海難遺児を励ます地方協議会・育英会事務担当者合同会議を開催（以降、必要年度に開催、現在に至

る）

二十三年	一月	育英会設立四十周年記念、漁船海難遺児と母の文集「心の中のアルバム」発刊
	三月	東日本大震災発生、大津波により多くの漁業者等が犠牲となったことから、被災漁業者等の遺児を本会育英事業の対象とすることとし、奨学生として採用
二十四年	四月	「公益財団法人」への移行登記完了、「公益財団法人漁船海難遺児育英会」となる
	五月	個人の寄附金に対する優遇措置として、内閣府より寄附金控除制度適用（税額控除）の認可を得る
	七月	奨学生・保護者交流活動「二〇一二ふれあい旅行」を東京近郊において実施（七月二十七日～二十九日）
二十五年	七月	奨学生・保護者交流活動「二〇一三ふれあい旅行」を山梨県山中湖周辺において実施（七月二十六日～二十八日）
二十六年	八月	奨学生・保護者交流活動「二〇一四ふれあい旅行」を栃木県那須高原周辺において実施（八月一日～三日）
二十七年	七月	奨学生・保護者交流活動「二〇一五ふれあい旅行」を静岡県掛川市において実施（七月三十一日～八月二日）
	十二月	育英会設立四十五周年記念、漁船海難遺児と母の文集「父の背中」発刊
二十八年	七月	奨学生・保護者交流活動「二〇一六ふれあい旅行」を群馬県渋川市において

	実施（七月二十九日～三十一日）
二十九年　七月	奨学生・保護者交流活動「二〇一七ふれあい旅行」を山梨県笛吹市において実施（七月二十八日～三十日）
三十年　七月	奨学生・保護者交流活動「二〇一八ふれあい旅行」を静岡県伊豆長岡・沼津において実施（七月二十七日～二十九日）
三十一年　四月	学資給与の対象に大学生等を加える。月額五万円、入学記念品贈呈額十五万円（但し、平成三十一年度大学等入学者から適用）
令和　元年　七月	奨学生・保護者交流活動「二〇一九ふれあい旅行」を栃木県鬼怒川・日光において実施（七月二十六日～二十八日）

ISBN978-4-303-63695-1

父の肩に乗った日 — 漁船海難遺児と母の文集 —

2021 年 4 月 20 日　初版発行

編　者　公益財団法人 漁船海難遺児育英会

検印省略

発行者　岡田雄希

発行所　海文堂出版株式会社

本　社　東京都文京区水道 2－5－4（〒112-0005）
電話 03(3815)3291㈹　FAX 03(3815)3953
http://www.kaibundo.jp/

支　社　神戸市中央区元町通 3－5－10（〒650-0022）

日本書籍出版協会会員・工学書協会会員・自然科学書協会会員

PRINTED IN JAPAN　　印刷　ディグ／製本　ブロケード